Ludwig Seippel

Kritische Beiträge zu Jean Bodel's Epos

Ludwig Seippel

Kritische Beiträge zu Jean Bodel's Epos

ISBN/EAN: 9783743341890

Hergestellt in Europa, USA, Kanada, Australien, Japan

Cover: Foto ©Andreas Hilbeck / pixelio.de

Manufactured and distributed by brebook publishing software (www.brebook.com)

Ludwig Seippel

Kritische Beiträge zu Jean Bodel's Epos

I. Einleitende Bemerkungen.

1] Von der Chanson dex Saxons sind uns vier Handschriften bekannt:
1. Hs. 𝔄 (cf. Michel LII.)
2. Hs. 𝔏   Diese Handschrift ist der Ausgabe: „La Chanson des Saxons par Jean Bodel, publiée pour la première fois par Francisque Michel, Paris MDCCCXXXIX" zu Grunde gelegt worden. (cf. Michel XVII).
3. Hs. 𝔑 (cf. Michel p. XX).
4. Hs. 𝔗 (Ms LV. 44. der Universitäts-Bibliothek in Turin), genauer beschrieben von Prof. Stengel in seinen Mitteilungen aus französischen Hss. der Turiner Univ.-Bibl.

2] Fr. Michel hat für seine Ausgabe nur die Hss. 𝔏𝔄𝔑 verwertet, und zwar in der Weise, dass er 𝔏 im Texte abgedruckt und die abweichenden Lesarten in Fussnoten mitgeteilt hat. Ob diese Variantensammlung vollständig ist, vermag ich nicht zu kontrollieren. Zweifel dagegen erwecken eine Anzahl offenbar fehlerhafter Stellen des Textes, zu welchen eine Variante, sei es von 𝔄, sei es von 𝔑, sei es von 𝔄 und 𝔑, nicht verzeichnet ist. So müssten, wenn M.'s Variantenangabe vollständig wäre, 𝔏𝔄 gemeinsam lesen:

3] 83,2. 𝔏[𝔄]: Et sont *outre* a Saint-Herbert dou Rin.
   𝔗𝔑: Et sont *outre-passé* a Saint-Herbert do Rin.

Doch hat Michel nicht ausdrücklich angegeben, dass 𝔄 wie 𝔏 liest, d. h. wie 𝔏 *passé* ausgelassen hat.

4] 182,8. 𝔏[𝔄]: Ce dïent cil *quel voient*, q'ainz plus bel ne vit-on;

𝔗𝔙: Cil dïent *qui l'esgardent*, ainc (que 𝔙) pl. b. ne vit-on;

Auch hier fehlt bei Michel eine positive Angabe über die Lesart der Hs. 𝔄. Ebenso 𝔏[𝔙]:

5] 150,6. 𝔏[𝔙]: Ou regne de Seassoigne *oi* j'ai esté .II. ans.

Statt *oi* bieten 𝔗𝔄 *ou*. Ob 𝔙 wie 𝔏 *oi* liest, bleibt zweifelhaft.

6] 162,11. 𝔏[𝔙]: Il n'a baron an l'ost cui li rois *aint itant*;

𝔗𝔄: . . . . qui (que 𝔄) li rois *aime tant*;

7] 192,6. 𝔏[𝔙]: Sovant i *ost-on* escrïer: „Dex aïe!"

𝔄: Sovant i *oist-on* . . . .

In 𝔗 fehlt dieser Vers.

8] 196,6. 𝔏[𝔙]: Bien *le* firent Breton, Angevin et Normant;

𝔗𝔄: Bien *les* fierent . . . .

9] 238,1. 𝔏[𝔙]: Ja verrez *Saisnes* venir sor vostre plait;

𝔗𝔄: . . . . . *Guit*. (𝔄: *Guithechin*) . . . .

Ebenso:

10] 135,1. 𝔏[𝔗𝔄𝔙]: N'a si fort piler qui aval ne dessert.

11] Der Dichter schrieb offenbar *N'i a*, doch hat weder die Kollation für 𝔗, noch Michel für 𝔄 oder 𝔙 diese Lesart verzeichnet. Sie kann indessen doch selbst von allen Hss. geboten werden und nur übersehen sein.

12] Von 𝔗, welches der Herausgeber nicht verwertet hat, liegt mir eine im Besitz von Prof. Stengel befindliche, sorgfältige Kollation vor, welche mir von ihm freundlichst zur Benutzung überlassen wurde.

13] Die nachstehende Untersuchung wird ergeben, dass gerade dieser Hs., trotz vielfacher Fehler, ein hervorragender Wert für die Textkritik der Chanson zukommt.

14] Die Varianten der Hs. 𝔄 reichen bis S. 245,10, die

von 𝔑 bis S. 243,8. Die nachstehenden Beiträge zur Textkritik der Chanson beziehen sich auf den bis Vers 245,10 reichenden Teil des Textes 𝔏 und sollen den textkritischen Wert der Hs 𝔗 ins rechte Licht stellen.

II. Vergleichung der Handschriften.

15] Jede Hs. bietet zunächst zahlreiche Lesarten, welche von denen aller anderen Hss. abweichen, ohne darum offenbar fehlerhaft sein zu müssen.

a. Isolierte Lesarten von 𝔗 sind z. B.

𝔗 : 𝔏[𝔄𝔑]:

16] 140,11. 𝔏 [𝔄𝔑]: Issi Berarz de *Rune s'arestut ou sablon,*
  𝔗: Issi B. de *l'aigue plains de grant cusancon.*

17] 155,3. 𝔏[𝔄𝔑]: Puis *lor a de Herupe demandé et anqis,*
  𝔗: Puis *les a doucement des Hurepois requis,*

𝔗 : 𝔏 : 𝔄𝔑 :

18] 5,8. 𝔏: *Li oir qui an issirent* . . .
  𝔗: *Li anfant q'en issirent* . . .
  𝔄𝔑: *Car li hoir* (oir 𝔑) *k'en issirent* . . .

19] 7,10. 𝔏: Por *la destroite guerre* finer et *apaier.*
  𝔗𝔄: Por *l'anviouse guerre* finer et *abaissier* (acourcier 𝔄).
  𝔑: Por *la noise et la guerre* finer et *acorcier.*

20] 240,7. 𝔏: Qanq'il conseut a cop, tot ocit (confont 𝔄𝔑) et cravante
  𝔗: Que lui et le cheval tout en .I. mont cravente.

𝔗 : 𝔏 : 𝔄𝔑 :

21] 242,8. 𝔏: Alez s'en est sanz armes *ensi com an gibiez|:*
  𝔗: . . . . *et sans aubers mailliez:*
  𝔄𝔑: . . . . *com on fait en gibiés:*

𝔗 : 𝔏 : 𝔄 : 𝔑 :

22] 240,8. 𝔏: Qant ne pot plus durer, an sa voie s'an antre.
  𝔗: Ni sera mais d'esmois ore qu'il ne s'entente.
  𝔄: Quant n'i puet plus ester, sa dete racreente.
  𝔑: Quant ne pot plus atandre, sa deste recraante.

23] 89,5. L[AR]: Ez-vos *monté* Karlon et Naymes (Namlon A) le vaillant
(le ferrant AR),
T: Ez-vos Karlon *venu* et N. le ferrant,
T: L[R]: A:
24] 24,1. L[R]: Quant *ot fait le servise* . .
T: Quant *la messe fu dite* . . .
A: Quant *fu fais li services* . . .
T: L: A (fehlt R):
25] 62,3—4. L: Ne soit si hardiz qi a force la praigne:
Don lor vint la plantez de tote terre estragne.
T: Lors lor vint la viande de tout le regne estraigne.
A: Don lor vint la plantez de toute Loheraigne.

b. Isolierte Lesarten von L sind z. B.:
L: TAR:
26] 7,1. L (fehlt A): Por maintenir la *guerre* et por ax anforcier.
TR: Por (De) m. la *terre* et ex a (l. g. et p. a R) consillier.
27] 33,5. L: Toz jorz te conduira ta creance *et tes drois.*
TAT: . . . . *et ta foiz.*
28] 81.5. L: Mainte anseigne *vantele* . . .
TAR: . . . . *i baloie* . . .
29] 186,1. L: Et totes riches armes qi *a roi* ont mestier.
TAR: . . . . qui *a guerre* ont mestier.
30] 194,4. L: *Et li autre s'armerent, monterent* as chevaus:
TR: *Isnelement s'adoubent et montent* es chevaus: (sic fere A)
L: TA:
31] 47,2. L: Demain les ferai pandre *par desor cest rivage*
TA: . . . . *al* (*au* A) *vent et a l'orage*
32] 55,4. L: Puis *anterrons* an France *an* bataille rangīe,
TA: Puis *en irons* an France *a* bataille rangīe,
33] 58,1. L: Si les ferons *morir ou metre a granz destrois*
TA: Si les ferons *boulir ou en cire* (*oile* A) *ou em pois*
L: TA: R:
34] 25,3. L: Et Coloigne destruite, et *mort le duc Milon,*
TA: . . . . et *les murs environ,*
R: . . . . et *le reigne anviron,*

35] 79,4. 𝔏: Congié prent l'apostoiles, *maintenant s'an repaire.*
𝔗𝔏: . . . . *quant la pais fu certaine.*
𝔑: . . . . *com la pais fu estraine.*

c. Isolierte Lesarten von 𝔄 sind z. B.:

36] 6,5. 𝔏𝔏: Tot lor tans la *maintinrent*, mes ne lor ot mestier:
𝔄𝔑: Tot lor tans la *menerent* (*t. guerre orent*). . . .
37] 28,16. 𝔗𝔏[𝔑]: Trop *font mauvais samblant* . . .
𝔄: Trop *mauvais samblant firent* . . .
38] 69,8. 𝔗𝔏[𝔑]: Tuit li baron i *furent* por oïr la novele:
𝔄: i *vinrent* . . . .
39] 102,2. 𝔗𝔏[𝔑]: S'adoberent *François*, jusq'a .XXX. millier.
𝔄: S'adoberent *par l'ost* . . . .
40] 221,2. 𝔗𝔏[𝔑]: Sor le cors *descendirent* . . .
𝔄: Sor le cors *se pasmerent* . . .
41] 223,8. 𝔗𝔏[𝔑]: *Berarz issi de Rune ainz* (*q'ainc* 𝔗𝔑) n'i ot escuier;
𝔄: *Berarz d'autre part Rune issi sans* escuier;

𝔄: 𝔏: 𝔗𝔑:

42] 225,10. 𝔏: L'an ne doit sa pröece mentevoir ne prisier;
𝔗𝔑: On (An 𝔑) ne doit pas meïsmes sa pröesce noncier
                                  (jugier 𝔑);
𝔄: Et que plus vaut li hom et mains se doit proisier.
Cil qui fait la pröece ne la doit pas noncier,
43] 243,5. 𝔏: Lors *plore Karlemaines et sospire molt grief,*
𝔗𝔑: Dont (Lors 𝔑) *plora l'emperere et soupira molt grief,*
𝔄: Lors *rougi l'emperere, durement ert iriés,*

𝔄: 𝔗𝔏:

44] 245,4. 𝔗𝔏: *Ier esties de noz, et hui* (or 𝔗) nos guerroiez!
𝔄: *Ier main esties de nostres, et or* nos guerroiez!

d. Isolierte Lesarten von 𝔑 sind z. B.:

𝔑: 𝔗𝔏:

45] 27,4. 𝔗𝔏: De lor seignor aidier firent samblant mauvais;
𝔑: De aidier lor droit seignor est chascuns arriere traiz;

𝔑: 𝔗𝔏[𝔄]:

46] 30,6. TL[A]: Chascuns (chascun T) .IIII. deniers . . .
R: .IIII. deniers par an

47] 110,2. TL[A]: Et mont' (—te L) en (sor A) son cheval auferant et (ou LA) gascon.
R: Et montons es chevax espanois et gascon.

48] 138,2. TL[A]: Chauces ot de brun paile et *dras de* (d'un TA) *chier bofu,*
R: . . . . *et soler molt agu,*

R: TA [fehlt L]:

49] 127,6. TA: Que del (dou T) col *me tolirent* la targe . . .
R: . . . . *m'eraigierent* . . .

50] 132,15. TA: Les portes *furent* closes . . .
R: Les portes *truevent* . . .

51] 135,14. TA: Tant *losange* ses homes . . .
R: Tant *consoillet* ses homes . . .

52] 136,15. TA: Karles fist bois trenchier et *le mairien* atraire,
R: . . . . *et les pierres* atraire,

53] Oft gruppieren sich auch zwei Hss. in der Weise, dass sich nicht ohne weiteres sagen lässt, welche Gruppe die richtige Lesart bietet.

a. TA stehen L[R] gegenüber z. B.:

54] 43,10. L[R]: Estes-vos les barons de toz lor cuers pansis:
TA: Ez-vos mis les messages em pansé malaisiu:

55] 125,3. L[R]: Baudoïns descendi desoz une *aube-espine.*
TA: Baudoïns descendi *par* dessoz une *espine.*

56] 154,10. L[R]: . . . . . et chevauchent *les* plains et *par* larris.
TA: . . . . . et chevauchent *par* puis (pl. A) et *les* larris.

b. TL stehen AR gegenüber z. B.:

57] 7,4. TL: Car (*Quar* L) *molt estoit prodom* . . .
AR: *Car preudons fu et sages* . . .

58] 14,7. TL: Cil vienent et chevauchent . . .
AR: Cil vienent chevauchant . . .

59] 21,8. TL: Atant se regarda li dux Miles errior,
AR: Atant li gentis hom se regarda arrier,

60] 21,13. TL: *Le primerain fiert si* de l'espée d'acier,
     AR: *Li duz an feri l'un* de l'espée d'acier,
61] 197,3. TL: *Fierement les* requierent . . .
     AR: *Ruistement le* requierent . . .
62] 213,4. TL: Bien savez *panre* pais . . .
     AR: Bien savez *doner* pais
63] 240,3. TL: Nus (Nuls L?) n'i puet avenir . . .
     A: Nus nel vient ataignant . . .
     R: Cil nou vait ataignant . . .

c. TR stehen L[A] gegenüber z. B.:
64] 9,12. TR: . . . ne *vesqui* que .VI. ans;
     L[A]: . . . ne *la tint* que .VI. ans;
65] 22,2. TR: . . . por son ami *vangier:*
     L[A]: . . . por son ami *aidier:*
66] 144,8. TR: Guiteclins de Saissoigne sist a destrier *liart,*
     L[A]: . . . . ou destrier *gaillart,*
67] 201,7. TR: *Iriez* fu Guiteclins . . .
     L[A]: *Dolanz* fu Guiteclins . . .
68] 233,6. TR: Le cheval *voit* covert *chief* et col et crepon;
     L[A]: . . . . . *vit* . . . col et *cors* et crepon;

69] Schon aus den bisher angeführten Fällen ergiebt sich, dass keine Hs. die Vorlage der andern gewesen sein kann. Das beweisen überdies die zahlreichen Fälle, in welchen jede Hs. für sich fehlerhafte Lesarten bietet.

a. Isolierte Fehler von T sind z. B.:

70] 22,3. L: *Tel cop* donna le duc, n'i ot nul recovrier,
     T: *Tele done* le duc, n'i ot que corrocier,

In T ist wohl der sekundären Femininform *tele* wegen *cop* vom Kopisten ausgelassen.

71] 23,10. L: Avesques *et abbés* que je ne sai nomer.
     T: Tant vesques et *tant abé* . . . .

T enthält eine falsche Silbenzahl und unfranz. *vesques.*

72] 29,6. L: Si li randons trëu et somes *chevagier*,
   T: Se.. .... *chevalier*,
   Chevalier giebt an dieser Stelle keinen Sinn.

73] 31,10. L: Servise et chevauchîe nos requiert *tantes* fois.
   T: Qui servise et chevage nos requiert *tante* foiz.
   Tante ist fehlerhaft.

74] 46,7. L: Ne perdra ja an moi rien de son avantage.
   T enthält fehlerhaft *riens* statt *rien*.

75] 48,9. L: Or nos reqiert *chevage* par ses losangeors.
   T: Qui nos reqiert *message* par les losangeors.
   An dieser Stelle ist *message* unpassend.

76] 50,12. L: Ançois li *poez dire* que de nos bien se gart.
   T: Ançois li *porriez* que desormais se gart;
   In T ist *dire* ausgelassen.

77] 55,14. L: Bien sai qu'ainz de Karlon ne *vint* la felonie.
   T: .... de Karlon ne *mut* la vilonie.
   Mut statt *vint* ist vielleicht verlesen.

78] 58,13. L: Et ces chevax de garde torchier et *conraer*.
   T: Et ces chevaus de garde torchier et *maner*.
   T enthält eine Silbe zu wenig.

79] 61,1. L: Puis n'i fu esparniez ne li frans ne li ser;
   In T ist statt *n'i: li* geschrieben.

80] 68,9. L: Au ferir des espëes sor les genz mescrëanz:
   In T fehlt *des espëes*. Das zweite Hemistich lautet T: *sor la gent mescrëant*.

81] 92,2. L: Puis commande au message *q'autre* foiz li recort;
   T schreibt falsch .IIII. statt *q'autre*.

82] 161,5. L; Belement les chastïent et *ruevent* tenir qois,
   In T steht *rueve*.

83] 164,3. L: As *muls* et as destriers le forrage et le grain.
   T schreibt fälschlich *murs* statt *muls*.

84] 178,5. L: Druz estoit Sororëe la *cortoise* pucele.
   T: .... la *bele* pucele.

Der Vers enthält eine Silbe zu wenig.

85] 187,12. L: Ce qi est *gries* as autres, m'est solaz et depors.

𝔗 enthält *grief* statt *gries*.

86] 196,4. L: Molt fu granz li estorz, ainz *nuls* ne vit si grant.

𝔗 schreibt *nul* statt *nuls*.

87] 203,6. L: Guiteclins *lor tesmoigne* q'il en ont le pejor.

𝔗 schreibt *Guiteclins de Saissoingne*.

88] 214,7. L: Or nel *qier* mais changier...

𝔗: Or nel *qiert* mais celer...

Hier ist *qiert* in *qier* umzuändern, denn die erste pers. sing. ist erforderlich.

89] 229,5. L: Au matin par soem l'aube, que l'airs *fu* clers et cois,

In 𝔗 fehlt *fu*.

b. Isolierte Fehler von L sind z. B.:

90] 6,3. L: Quant li fil Brunamont, *le* cuvert losangier,

6,4. L: Orent meü la guerre por France chalongier,

𝔗𝔘 schreiben *li felon* l., 𝔑 *au cuvert*.

91] 34,5. L: Et puis que il s'an tornent ja *nos* ne s'an regart.

In 𝔗𝔘𝔑 lautet das zweite Hemistich: *ia nus ne s'en (se 𝔑) regart*.

92] 34,11. L: Ou il l'an amaint pris anchaîné *part art*.

Wenigstens müsste es *par art* heissen. 𝔗𝔘𝔑 schreiben *en chaaine ou en hart*.

93] 43,2. L: Lors *seront* comme Karles nos a le geu parti.

In 𝔘 beginnt dieser Vers *lors sarons*. Wie das pron. *nos* beweist, ist *sarons* zu schreiben. 𝔗𝔑 fehlen.

94] 52,11. L: Et *vos* (*nos* 𝔘) orent jugié a mort laide et vilaine.

𝔗 schreibt *Et nos ont puis jugiez*. Wie der Zusammenhang ergiebt, ist *vos* falsch. 𝔑 fehlt.

95] 53,11. L: Salemonz de Bretaigne fu *a pi* an mi l'aire,

A pi ist falsch. 𝔗 hat *em piez*. 𝔑 fehlt.

96] 54,4. 𝔏: De duel *morra* (*morrai* 𝔗𝔄) et d'ire, se mon cuer n'en esclaire.

Dem Zusammenhang zufolge ist *morra* eine falsche Verbalform. 𝔑 fehlt.

97] 59,18. 𝔏: Qui donc *vetst* buisines et ces fiers corz soner,
𝔗𝔄 enthalten *oïst*. 𝔑 fehlt.

98] 64,6. 𝔏: Chascuns l'ot desfïé et *tandu* son homage.
In 𝔗 steht *randi*, in 𝔄 *randu*.

99] 89,9. 𝔏: Sonent cor et *buisinent* et graile et olifant,
In 𝔗𝔄𝔑 steht *buisines* statt *buisinent*.

100] 98,7. 𝔏: Au gué de *Morte* sont, ou bas est li ravois;
𝔗𝔄𝔑 geben den richtigen Namen der Furt: *Morestier*.

101] 106,5. 𝔏: Druz estoit Marsebibe (Marsebile 𝔗𝔄𝔑).

102] 141,12. 𝔏: Mes n'i estoient *nu* venu comme garçon,
𝔗𝔄𝔑 schreiben *mie*.

103] 141,13. 𝔏: Ainz ont les bons hauberz *desoz* les auqueton;
𝔗: . . . . . . blans aubers vestuz *sor* l'auqueton;
𝔄: . . . . . . blans hauberz *par desor* l'auqueton;
𝔑: . . . . *par desor* l'auqueuton;

104] 142,14. 𝔏: Et fait le destrier corre (bruire 𝔗𝔄𝔑) com .I. *alaiion*,
𝔗𝔄𝔑 schreiben *alerion*.

105] 160,1. 𝔏: Le soir après soper, que li *ans* fu espois,
Das zweite Hemistich lautet in 𝔗𝔄𝔑: *qant li airs* (*ars* 𝔑) *fu espois* (*espos* 𝔑).

106] 166,7. 𝔏: Puis fu li suens lignages de *chevax* franchis.
𝔗: Par li fu ses linages de *chevage* franchiz.
𝔄: Pour li fu ses lignages de *servage* franchis.
𝔑: Par lui fu ses lignages de servage franchis.

107] 168,13. 𝔏𝔗: Si com il i (lor 𝔗) venoient le (les 𝔗) prenoient a fait.
𝔄: Tout ai com il venoient, les prenoient a fait.
𝔑: Si com il lor venoient ses prenoient a fait.

Statt *le* ist *les* zu schreiben.

108] 186,7. L: Cil fist par mi Champaigne ses barons *mangier* (*adrecier* AR),
　　　T: Cil fist par mi les autres les barons *adrecier*,
An dieser Stelle ist *mangier* nicht passend.

109] 187,6. L: Que ce nos rovez *fairez* (*faire* TAR) que n'*osfez* (n'*osez* TA, *volez* R) anbracier.

c. Isolierte Fehler von A sind z. B.:

110] 16,4. L: La grant ost i *troverent* qui s'estoit avancīe,
　　　A: La *trueve* lor estore qui molt ert esploitīe,
Der plur. ist erforderlich. (cf. vorhergehende und ff. Verse.)

111] 47,7. L: Et parla hautemant, que l'oïrent *plusors:*
　　　A: . . . . que l'oy li *plus sours:*
Die Lesart in A ist wohl durch einen Hörfehler entstanden.

112] 57,6. L: Soient *nostre* baron garni de toz conrois.
　　　A: Soient *no* baron garni de lor conrois.
Der Vers enthält eine Silbe zu wenig.

113] 148,2. L: Volentiers *repairassent,* s'il alast a lor chois:
A enthält *repassassent*.

114] 166,10. L: *De* lui fu angenrez li forz rois Ansëys.
　　　A: *En* li . . . . . . li bons rois Ansëys.

115] 188,3. L: Qar bien nos an tenrons a *vostre* dit premier.
A schreibt: *a nostre osfre pr.*

116] 238,10. L: Congié prist a Sebile, qi molt *remest* (estoit R) dolante.
A enthält *prent*, wodurch das Versmass gestört wird.

d. Isolierte Fehler von R sind z. B.:

117] 6,1. L: Don la guerre dura tante mainte saison;
　　　R: Qui puis ne fu finée en tante mainte saison:
R enthält eine falsche Silbenzahl.

118] 9,1. L: Cil (d. h. Ansëys) fu peres Pepin le vassal droiturier,
　　　R: Karles fu fiz Pepin au fort roi droiturier,
Der Kopist hat wahrscheinlich in *Cil* eine Abkürzung von *Carles* gesehen.

119] 9,2. L: Qui puis refist a Saisnes maint mortel ancombrier
ℜ schreibt statt *a Saisnes* fälschlich *Anseignes.*

120] 9,10. L: Guiteclins de Sossoigne, quant ce vint a son tans,
ℜ: . . . . com cuvert a son tans,
Die Lesart von ℜ giebt keinen Sinn.

121] 11,13. L: Reparriez est d'Espaigne Karles li mescreanz,
ℜ schreibt *de France* statt *d'Espaigne.*

122] 15,1. L: As pors de Lignecestre *passerent* a navie;
ℜ gebraucht das fut. *paseront*, was hier falsch ist.

123] 20,13. L: Les noz vont dechaçant, nes ont *cure* d'eslire;
ℜ: Saisne ferent a aus, nes ont *acre* d'eslire;
Acre giebt keinen Sinn.

124] 29,8. L: Ne Karles ne les pot a ce faire apoier.
ℜ: N'onques ne lor pot faire Karles a ce aploier.
ℜ enthält eine falsche Silbenzahl.

125] 77,2. L: Faites-an tant por Deu que siens an soit li los
ℜ: Faites-an tan par Deu que nos en soit li hors
Dieser Vers ist in ℜ unverständlich.

126] 83,1. L: As somiers sont trossé li coffre et li escrin,
ℜ hat *chargiez* statt *trossé.*

127] 83,7. L: Tote de blanc yvoire, d'uevre subtile et chiere;
Statt *subtile* hat ℜ *souf*, was aus *souef* entstellt ist.

128] 90,1. L: Le jor i ont perdu maint vilain *paisant.*
ℜ schreibt *pesant* statt *paisant.*

129] 93,5. L: *Il* porra esploitier plus honorablemant.
ℜ schreibt *li* statt *il.*

130] 98,4. L: S'il *connëussent* l'aigue la ou je la connois,
ℜ: S'il *n'ëussent* l'aigue la ou je les connois,
ℜ enthält eine falsche Silbenzahl; der Vers ist unverständlich.

131] 98,8. L: Puis passerons la outre armé de *noz* conrois:
ℜ hat *lor* statt *noz.*

132] 99,2. L: Belement les conjot et *mercie* et salüe.
ℜ schreibt *conrot et chastie*.

133] 107,2. L: Ciz oz samblera foire por acheter et vandre.
    ℜ: Ceste oz sanblere fore por acheter et por vendre.
Der Vers in ℜ ist verderbt.

134] 107,8. L: Qant François *vos verront* cointoier et estandre,
ℜ schreibt *nos veuront*.

135] 110,4. L: Aval lez la riviere deduire nos alon.
    ℜ: . . . . de Rime nos avalon.
ℜ enthält eine Silbe zuviel.

136] 112,10. L: Por le meillor de France n'estuet *cestu* changier.
ℜ schreibt *ceu* statt *cestu*.

137] 118,14. L: Dame, dist Baudoïns, an *vos* est la richoise.
In ℜ steht statt *vos:* .II.

138] 121,14. L: Et Baudoïns le *fiert* que l'auberc li desmaille,
ℜ schreibt *fier* statt *fiert*.

139] 125,6. L: L'ampereres de Rome lez la rive chemine,
    ℜ: L'ampereres de France lonc la rivere chemine.
ℜ enthält eine falsche Silbenzahl.

140] 125,9. L: Li uns dist q'il est Saisnes, li autres nel dit mīe.
    ℜ: Li uns dist que il est Sesnes, l'autres el li destire.
ℜ enthält eine falsche Silbenzahl.

141] 126,3. L: Biax nies, dist l'ampereres, as-tu fait astine?
ℜ schreibt *ia ia* statt *as-tu*.

142] 156,12. L: Q'il *passeront* a Rune apres la mīenuit
ℜ schreibt *passerent*, aber es muss das fut. stehen.

143] 158,4. L: Li .XX. M. an seront . . .
        ℜ: Et li .XX. en serent . . .
ℜ hat geändert und *M.* beseitigt.

144] 160,12. L: Contre le tré Sebile a conduit ses conros.
ℜ schreibt . . . *Sebile condure son hernois*.

145] 161,6. L: Si que d'autre part Rune n'an oïst-on la vois;
𝔑 schreibt *de l'autre part;* dadurch wird die Silbenzahl falsch.

146] 162,6. 𝔏: D'ambes parz furent qoi, si se *vont* regardant.
𝔑 enthält *vent.*

147] 163,1. 𝔏: Que fait-il an no terre? . . .
𝔑 schreibt *an voz terres?* . . .

148] 177,13. 𝔏: Les Sebile lor *change* corroie por cordele,
𝔑 schreibt *charge.*

149] 181,8. 𝔏: Karles le voit venir, molt grant joie an ot *lors:*
In 𝔑 fehlt *lors.*

150] 181,12. 𝔏: *Ce qi* est gries as autres, m'est solaz et depors.
𝔑 schreibt *ce quit.*

151] 184,2. 𝔏: Or vanront Herupois, Angevin et Breton;
𝔑 schreibt *Que or,* wodurch der Vers um eine Silbe zu lang wird.

152] 185,6. 𝔏: Qant de cez de Herupe *vienent* .II. messagier:
𝔑 schreibt *virent.*

153] 186,6. 𝔏: L'autre partie *fu* de Huon le guerrier:
𝔑: L'autre compaigne *fist* a H. l. g.

154] 186,11. 𝔏: Que lor nomez la terre ou *porront* herbergier;
𝔑: Que vos trovez la place ou *puisson* herbergier;
Es müsste wie in 𝔏𝔘 *puissent* heissen.

155] 191,5. 𝔏: Molt i fu gränz la noise, qant l'ost est deslogïe:
𝔑: . . . . la presse, quant fu deslogïe:
In 𝔑 ist *l'ost* ausgelassen.

156] 199,11. 𝔏: D'une part *les* font traire delez .I. brüerois.
𝔑 schreibt *le* statt *les.*

157] 211,12. 𝔏: An *jung* ou an septembre . . .
𝔑 schreibt *juich.*

158] 216,5. 𝔏: Mon osprevier vos doing qi ne vole pas lant.
𝔑 schreibt *que* statt *qui.*

159] 226,7. L: Perdu vos cuide avoir *sanz* autre recovrier.
In R heisst es *saint point de r.*

160] 230,2. L: Qar Saisne eschargaitoient sor Rune a *cele* fois.
R schreibt *ce* statt *cele.*

Aber es finden sich auch fehlerhafte Lesarten, welche von zwei Hss. geboten werden.

Derartige Lesarten finden sich

a. in A und R:

161] 21,12. TL: *Atant vit* anvers lui dui Saisnes approchier:
AR: *Il a veu* anvers lui dui Saisnes approchier:

Vielleicht ist *veu* zu der Zeit, als A und R copiert wurden, nicht mehr zweisilbig gesprochen. Es würde sich dann für sie keine falsche Silbenzahl ergeben. Die Wendung *Il a veu* haben sie wahrscheinlich gebraucht, um *atant* in so baldiger Wiederholung (cf. Vers 21,8) zu vermeiden.

162] 191,6. TL: Plus de .c. olifant *sonent* a la bondie.
AR: Plus de .o. olifant *i sonent* a la bondïe.

b. in T und A:

163] 93,1. L: Ainz li serai sor Rune ancontre a l'autre *bort:*
T: Ainz li serai ancontre sor Rune a l'autre *port:*

A schreibt ebenfalls *port.*

164] 212,9. L: Helissanz ist do tré blanche com flors *de lile.*
TA: Helissanz ist dou tref plus blanche que flors *d'isle.*

Der Fehler ist hervorgegangen aus dem Bestreben, *plus* einzuführen.

165] A wird also als eine Mischhandschrift anzusehen sein, welche sowohl Lesarten einer R, wie solche einer T nahe verwandten Vorlage in sich aufgenommen hat.

166] Endlich lassen sich auch Lesarten, die LAR gemeinsam aufweisen, als minderwertig, ja fehlerhaft ansehen, gegenüber einer besseren von T. So 185,4 und 232,9.

167] 185,4. 𝔏[𝔄𝔕]: Et devant lui *servoit* Berarz de Mondidier.
 𝔗: Et *seoit* devant lui . . . .

An dieser Stelle ist *seoit* wohl der Lesart *servoit* vorzuziehen.

168] 232,9. 𝔏: Q'il li trancha la foie et le pomon;
 𝔗: Q'il li perce l'escu la foie et le pormon;

𝔏𝔄𝔕 machten zwei Zeilen daraus, welche 𝔄𝔕 bewahrt haben. Die zwei Zeilen lauten in 𝔕:

Qui li perce l'escu et l'aubert fremillon;
La coraille li tranche, le feie et le pormon.

𝔄 lautet nach Michel fast wie 𝔕. 𝔏 zog beide Zeilen zusammen, änderte aber dabei *tranche* in *trancha*, um wenigstens einen correcten Zehnsilbler zu erhalten.

169] Demnach zerfallen die vier Hss. in zwei Familien, deren eine durch 𝔗, deren andere durch 𝔏𝔄𝔕 vertreten wird. Letztere gliedert sich wieder in zwei Gruppen, deren eine 𝔏, deren andere 𝔄𝔕 bildet. Doch ist zu beachten, dass 𝔄 ausser der Vorlage von 𝔕 auch die Vorlage von 𝔗 verwertet haben wird.

170] Einige Fälle, welche besonders verwickelte Combinationsschwierigkeiten aufweisen, finden hiernach ihre Aufklärung. So z. B.:

171] 10,3. 𝔏: Sage fu et cortoise, bele et bien antandanz;
 𝔗: Bele fu et cortoise et sage et entendanz;
 𝔄𝔕: Bele estoit a (sanz 𝔕) mesure et sage et antandanz;

Die Lesart von 𝔗 halte ich für die echte. Es hat dann die gemeinsame Quelle von 𝔄𝔕 geändert und bei 𝔏 ist ebenfalls eine Umänderung eingetreten.

172] 29,12. 𝔏: Qui n'ont cuer ne corage de Saisne guerroier.
 𝔗𝔄: Qui n'avoient talent de (des) Saisnes guerroier.
 𝔕: Qui n'avoient coraige de Saisne guerroier.

𝔗 enthält die ursprüngliche Lesart. Die Vorlage von 𝔏𝔄𝔕 (*t*) hatte den Vers wie 𝔕; 𝔏 hat dann *n'avoient* in *n'ont* geändert und *ne* zugesetzt. 𝔄 entnahm die Lesart der Vorlage von 𝔗.

173] 118,3. 𝔏𝔐: Et (Puis 𝔐) broche le destrier qu'est de terre espanoise,
  𝔗𝔄: Puis broche le destrier (cheval 𝔄) qui fu d'ive espanoise.

Auch hier nehme ich an, dass 𝔗 die ursprüngliche Lesart bietet, die dann von der gemeinsamen Vorlage von 𝔏𝔐𝔕 (*t*) geändert ist. 𝔄 ist dagegen durch die Benutzung von 𝔗 zu der richtigen Lesart *qui fu d'ive* zurückgekehrt.

174] 81,1. 𝔏: .XIIII. et .XX. m. homes s'an vont par mi cel raine
  𝔗: A .XIIII. c. mile se nombrent en la plaine
  𝔄: A .IIII. c. M. homes se nombrent en l'araine
  𝔐: Quar .XL. M. se nonbrent en la plaigne

Hier nehme ich an, dass 𝔗 die richtige Lesart verändert hat. Die richtige Lesart bot *t*, sie lautete: *A .XIIII. M. homes*. Diese ist von den einzelnen Hss. 𝔏𝔐𝔕 verschieden abgeändert. 𝔏 hat beibehalten *.XIIII.* und *M. homes*, 𝔐 nur *.M.* Durch Einführung von *Quar XL. .M.* wurde die erste Reihe bei ihm um eine Silbe zu kurz. 𝔄 seinerseits hat beibehalten *A .M. homes*, da es aber nachträglich aus 𝔗 *.C.* eingeführt hat, so musste es schon der Silbenzahl halber *.XIIII.* in *.IIII.* ändern.

175] 172,7. 𝔏: Tu soies aorez et les töes vertuz!
  𝔗𝔄: Tu en soies löez et la toie vertuz!
  𝔐: Tu en soies aorez et la töe vertuz!

Hier halte ich die Lesart von 𝔗 für echt; die Vorlage *t* von 𝔏𝔐𝔕 las wie 𝔐, hatte also durch die Einsetzung von *aorez* statt *loëz* einen Fehler gegen die Silbenzahl. Diesen Fehler suchte 𝔏 durch Tilgung von *en* zu beseitigen, während 𝔄 der Vorlage von 𝔗 die richtige Lesart entnahm.

176] 177,6. 𝔏: Que d'autre part issi don gu de la gravele.
  𝔗𝔄: Par d' (P. de l') autre part la rive (p. Rune) issi de la gravele.
  𝔐: Et de l'autre part Rune issi en la gravele.

In diesem Falle braucht für 𝔄 keine doppelte Quelle angesetzt zu werden. Vielmehr wird die gemeinsame Vorlage von 𝔄𝔑 in der ersten Reihe gelesen haben: *Par de l'autre part* wie 𝔄, und 𝔑 nur *Et* statt *Par* eingesetzt haben. 𝔏 dagegen hat die Lesart von 𝔗 seinerseits willkürlich geändert.

177] Nach allen diesen Darlegungen würde das Verhältnis der vier Hss. 𝔗𝔏𝔄𝔑 etwa durch folgende Figur veranschaulicht werden können:

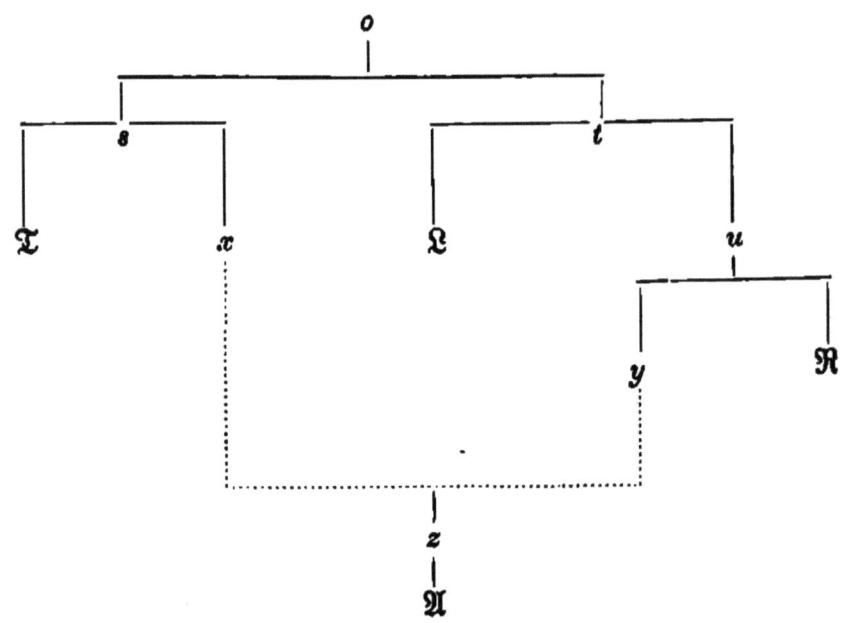

III. Besserung des gedruckten Textes nach Lesarten der Hss. 𝔗𝔄𝔑.

178] Jean Bodel's Chanson des Saxons ist wahrscheinlich die Umarbeitung einer assonirenden Dichtung. Zahlreiche Verstösse gegen den Reim begegnen in dem gedruckten Texte; 𝔗𝔄𝔑 lehren, dass die vorkommenden Assonanzen oft nicht der alten Vorlage entstammen, sondern von 𝔏 erst neu eingeführt sind. An Verstössen gegen den Reim, welche sich berichtigen lassen, führe ich folgende an:

1) Reim —*age*:

179] 101,2—3. 𝔏𝔗𝔐ℜ (3 fehlt ℜ): De tantes et de trez ont porpris (t. porpranent 𝔗𝔐) grant preage (molt grant flage 𝔗𝔐ℜ).
As (Es 𝔗𝔐) pomiax et as (es 𝔐, ens 𝔗) aigles reluist li ors d'Arrabe (-age 𝔗𝔐).

2) Reim —*ans*:

180] 66,15—16. 𝔏𝔗𝔐 (fehlt ℜ): Que molt an doivent estre les menacés sofrans;
Mes a grant tort m'en ont mostré lor mautelant (-anz 𝔗).

3) Reim —*aigne*:

181] 113,3—4. 𝔏𝔗𝔐ℜ: Et vit (voit 𝔗ℜ) le trof (les trez 𝔗𝔐) as dames et lor (la 𝔗𝔐ℜ) noble (riche 𝔐) compaigne;
Mes ne set ancor (Mais il ne quide [savoit] 𝔗ℜ) mïe (pas 𝔗) que la roïne l'aime (r. i maigne 𝔗𝔐ℜ).

4) Reim —*aine*:

182] 52,13—16. 𝔏𝔗𝔐 (fehlen ℜ): Ou saillir contreval d'une (de la 𝔗) tor molt (grant t. 𝔗𝔐) hautaine.
Jamais an noz aages ne portassent ansaigne (ne passisiemes Sainne 𝔗𝔐)
Ne fust voz (noz 𝔗) bons amis li cuens Hües del Moines (Mainne 𝔗𝔐):
Par lui somes nos vif, ses sanz nos an ramaine.

183] 79,1—5 cf. 415].

5) Reim —*é*:

184] 147,4—5. 𝔏𝔗𝔐ℜ: Karles est descenduz devant son riche tré,
Baudoïns et Berarz (Berars et Baud. 𝔗) et des autres assez (planté 𝔗𝔐ℜ).

6) Reim —*el*:

185] 131,8—9. 𝔐𝔗ℜ (fehlen 𝔏): Les portes sont fermées (p. anforcïes [enf-] 𝔗ℜ) et bendé li flael (quarrel ℜ).
La dedens ne lor falent (faillent 𝔗, faut ℜ) engien ne mangonnè (mangonel 𝔗)

Wegen *mangonel* s. 19,1.

7) Reim —*ele*:

186] 70,5—7. LTR: Tot le chevage atorne sor (a R) tranchant alemele;
L'amor de Herupois (Hurepois T) an son cuer anseele (en chaële T).
Qant li baron l'antandent, tuit de joie revelent (chascuns s'en esioiele [esjoielent R] TR).

8) Reim —*ente*:

187] 66,4—5. LT% (fehlen R): N'a homes (-e T) si poissanz (puissant T)
de ci en Oriente,
Si tel gent le (tex genz les T) heoient (haoit %) n'ëust de mort dotance (n'en poïst [ne pëust] estre a ente T%).

188] 240,7—8. LTR: Qan q'il conseut a cop, tot ocit (confont %R)
et (Que lui et le cheval tout en .I. mont T) cravante.
Qant ne pot (n'i puet %) plus durer (ester %, antandre R) an sa voie s'an antre (sa dete racreente %R),
(Ne sera mais d'esmois ore qu'il ne s'entente T).

189] 9) Reim —*er* cf. 439].

10) Reim —*ers*:

190] 60,12—61,4. LT% (fehlen R): A l'issüe de Marne lor a dit .I.
cuverz (convers T%)
Que Karles (li rois T) est (ert %) a Aiz (Haiz T) an son maistre palais (en cest païs envers T, en son p. divers %).
Puis n'i (li T) fu esparniez ne li frans ne li ser (sers T);
Tres par mi Loheraine s'an vont tot a travers (v. le grant t. T.
v. les grans esters %).
Si com la rote dure est li païs desers,
No truevent buef ne vache que n'an soit bone pès (qui lues ne soit aers T%).

11) Reim —*iu*:

191] 42,9—43,4. LT% (fehlen R, 11 auch T): 9. Baron, dist li cuens
Hües, ne soiez si hastif (-stiu T);
10. Ainz seront Herupois (Hurep- T) mandé par (p. tant T)
maint païs (liu T%),
11. Angevin et Breton, por voir le vos devis (de ci a Saint-Mahiu %),

12. Li dus de Normandie et li cuens de Pontif (-tiu 𝔗),
13. Qui de nostre franchise sont prodome et naïf (p. näiu 𝔗𝔄).
14. Deuain (Demain 𝔗𝔄) iront par tot no brief qui sont escrit
(mi brief et mi corriu 𝔗𝔄):
15. Dedanz XIIII. jorz venront li plus tardif (-diu 𝔗),
43,1. Tuit an seront cuvert li champ et li larri (cortiu 𝔗, hertiu 𝔄).
2. (Lors seront [sarons] comme Karles nos a le geu parti 𝔏𝔗𝔄).
3. S'il nos reqiert costume ne le chevage ensi (Se li devons chevage [ca-], costume ne toniu [tonliu] 𝔗𝔄),
4. Consoil aura crëu molt fol et anfantif (-iu 𝔗);

192] 43,8—12. 𝔏𝔗𝔄 (fehlen 𝔑): 8. Qar tant ai vers Karle (Karlon 𝔗) cuor debonaire et pif (piu 𝔗)
9. Que lui ne son message ne lairroie laidir (ne tenrai a [tenroie 𝔄] faidiu 𝔗𝔄).
10. Estez-vos les barons de toz lor cuers pansis (Es-vos mis les messages em pansé malaisiu 𝔗𝔄):
11. Li plus hardiz de .III. vossist estre a Paris (Mongiu 𝔗𝔄)
12. Por coi Mansel (Mansois 𝔄) ne fussont de lor vies saisi
saisiu 𝔗).

193] 12) Reim —in: cf. 472].

13) Reim —ine:

194] 125,6—9. 𝔏𝔗𝔄𝔑 6. L'amperores de Rome (France 𝔗𝔑) lez la rive
(lonc la rivere 𝔑) chemine,
7. De son deduit repaire o sa gent anterine.
7a. [De loinz vit (voit) son neveu mais ne sot (set) son convine (cou-) 𝔗𝔄]
8. Quant (Com 𝔑) François l'ont vëu, chascuns a pris a dire
(ch. i adevine [adav- 𝔗] 𝔗𝔄𝔑):
9. Li uns dist q'il est Saisnes li autres nel (li a. el 𝔗, l'autres el li 𝔄𝔑) dit mie (destine 𝔗𝔄, destire 𝔑).

14) Reim —ire:

195] 20,5—6. 𝔏𝔗𝔄𝔑: Ou que il voit le duc si li a pris a dire:
Mile, l'amor Karlon (de Karle 𝔗) vos iert hui deguerpie (vostre [nostre 𝔑] plait [roi 𝔄] vos empire 𝔗𝔄𝔑).
196] 20,7—10. 𝔏𝔗𝔄𝔑: Puis broche le cheval, de lui ferir (vangier 𝔗) s'atire.

Li duc tient (dus tint 𝔗) un espié, fieroment le paumïe (s'atant
c'on le [que il 𝔄] refiro [requiro 𝔄, reqiere ℜ] 𝔗𝔄ℜ);
Guiteclins li fiert si que l' (Et G. l. f. son ℜ) auberc (-rt 𝔗ℜ)
li dessire,
[Les .II. plois de l'auberc li a fait desconfire 𝔄].
Nu a nu dou costé son roit (bon ℜ) espió li guïe (vire 𝔗𝔄ℜ).

15) Reim – *ise*:

197] 40,16—17. ℒ𝔗𝔄 (fohlen ℜ): Quant li rois ot maingió, et la corz
fu assise (genz f. rassise 𝔗),
Vint I mès a (en 𝔄) la cort qi ne s'atarda mïe (la table [sale]
iriez et sanz cointise [faintise] 𝔗𝔄).

198] 41.16—18. cf 414].

16] Reim – *ier*:

199] 22,3—4. ℒ𝔗𝔄ℜ: Tel cop donna (Tele done 𝔗) le duc, n'i ot nul
(puis ℜ, ainc n'i ot 𝔄) recovrier (ot que corrocier 𝔗),
Par mi le gros dou piz (cuer 𝔄), li a l'espié glacié (li fist l'espié
baignier 𝔗, li fait l'espiel glacier 𝔄).

200] 27,6—7. ℒ𝔗𝔄ℜ: Dolanz (Rolans 𝔄) fu l'ampereres, (-re 𝔗) n'i ot
que correcier;
Antor lui voit ses homes panser (tanser ℜ) et abroncher (am-
brunchier 𝔗ℜ).

201] 104,2—3. ℒ𝔗𝔄ℜ: Par Mahom (Mais 𝔗)! une chose (ch. sire 𝔗) vos
puis (voeil 𝔗) bien fiancier (acointier 𝔗𝔄):
S'il conneüssent l'aigue au gué (as guez 𝔗𝔄) de Montester (Mo-
rostier 𝔗𝔄ℜ).

Wegen des Namens *Morestier* vgl. 158,7. 160,10.
172,12. 227,2.

202] 110,6—7. ℒ𝔗𝔄ℜ: L'ampereres de France ne se vot (ne vost 𝔗ℜ)
plus (volt 𝔄) tarder (atargier 𝔗𝔄ℜ),
Le blanc hauberc vesti (vestu ℜ) monta sor (en 𝔗ℜ) son destrier.

203] 111,12—13. ℒ𝔗𝔄ℜ: Helissanz de Cologne, Marsebile au vis fer
(fier 𝔗)
Virent d'autre part Rune Baudoïn esslaissier (essaier 𝔗).

204] 186,7—8. ℒ𝔗𝔄ℜ: Cil fist par mi Champaigne ses (mi les autres
les 𝔗) barons mangier (adrecier 𝔗𝔄ℜ),

Salemonz de Bretaigne par Rains l'arcevoschié (vos aim et vos
   tient chier $\mathfrak{T}$, qui vous aime et tient chier $\mathfrak{A}$).

17] Reim —*iez*:

205] 243,3—5. $\mathfrak{LTAR}$: Atant ez-vos Vairon, sa resne (ses regues $\mathfrak{TR}$,
   res- $\mathfrak{A}$) antre (par $\mathfrak{TA}$ por $\mathfrak{R}$) ses piez,
La sele tote vuede (dessor lui $\mathfrak{T}$) don li arçon sont chier (dont
   ert deschevauchioz $\mathfrak{TAR}$).
Lors (Dont $\mathfrak{T}$) plore (plora $\mathfrak{TR}$; rougi $\mathfrak{A}$) Karlemaines (l'emperere
$\mathfrak{TAR}$) et sospire (soupira $\mathfrak{TR}$) molt grief (durement ert iriés $\mathfrak{A}$).

18) Reim —*one*:

206] 78,10—13. $\mathfrak{LTAR}$: Des la Chapele d'Aiz jusqu'au pont (jusqu'as
   pors $\mathfrak{TA}$) de Valdone
.V. granz liues i a, si com l'estoire sone (done $\mathfrak{TA}$):
Chascuns ala nuz piez, ne chauces n'i ot onques (de chaucie fe-
   lone $\mathfrak{TAR}$),
Le vert heaume lacié et vestüe la broigne (Les vers elmos laciez
   et vestüe la bronne $\mathfrak{T}$).

19) Reim —*ois*:

207] 57,13—14. $\mathfrak{LTA}$ (fehlen $\mathfrak{R}$): Offerz soit (iert $\mathfrak{TA}$) li chevages
   ensi (ausi $\mathfrak{TA}$) com par gabois;
S'il adonc le vuet panre, ce estera folis (Et s'il adonc le prant,
   ce sera estre lois $\mathfrak{TA}$).

20) Reim —*oit*:

208] 214,3—4. $\mathfrak{LAR}$ (fehlen $\mathfrak{T}$): La roïne l'escoute; mes a paine le
   (l'en $\mathfrak{A}$) croit,
Et conjure Helissant (H. en c. $\mathfrak{A}$) qu'ele li die voir (s'il [s'est]
   a conté a droit $\mathfrak{AR}$).

21) Reim —*u*:

209] 138,12—13. $\mathfrak{LTAR}$: Des armes a son (som $\mathfrak{T}$) pere ot ansaigne
   et (en l' $\mathfrak{T}$) escu,
Don li dos estoit faiz trestoz a or batuz (Dont la [li $\mathfrak{R}$] cham-
   paingne ert blanche au [a $\mathfrak{R}$] lïon d'or batu $\mathfrak{TAR}$).

210] Falsche Silbenzahl enthalten folgende Verse der Ausgabe:

211] 13,13. $\mathfrak{LR}$: *Se poiez* de France les honors chalongier.

Man schreibe nach TU: *Se vos pöez* . . .

212] 16,4. L: De ci a Saint-Lambert ne s'est l'ost destrie.

T: De ci q'as Saint-Herbert ont lor voie accoillie.

R: De ce q'a Saint-Herbert la grant ost ne detrie. (U: sic fere.)

T ist hier in der zweiten Reihe nicht zu verwenden, da schon 16,3 auch T mit *large voie accoillie* schliesst. Man lese wie UR, da 16,5 L: *La grant ost i troverent* durch T: *La grant estoire voit* zu ersetzen sein wird.

213] 34,11. L: Ou il l'an amaint pris anchainé part art.

TUR: . . ou . . . . . . en chaainne ou en hart.

214] 34,12. L: Naymes, dist l'ampereres, Ihesu ton cors gart!

Lies mit T: *I. t. c. me gart (diex vo c. me porgart* U, *I. t. c. te gart* R).

215] 57,12. L: Ou que nos le troverons, an rivieres ou an bois.

Lies mit TU: *trouvons (truissons* T) *en riviere ou an bois.*

216] 58,9. L: Ces espées forbir et hauberz roller.

Lies mit TU: *et ces hauberz roller.*

217] 62,3. LU: Ne soit si hardiz qi a force la praigne.

Lies mit T: *ne soit nus si hardiz* (fehlt R).

218] 66,1. L: Sainne ont passée et Marne, ou on fait misgnt atante.

Lies mit TU: *ou ont mis grant entente.*

219] 82,1. L: A Aiz fu tanduz ses trez ça fors en .l. jardin.

Lies mit TU: *Ainz fu ses trez tenduz.*

220] 83,2. LU: Et sont outre a Saint-Herbert dou Rin.

Lies mit TR: *Et sont outre passé.*

221] 86,15. L: Chascun jor i conversent li Sarrasin maloïs.

Lies mit TR: *Ou chascun(s) jor conversent li Saisne et li Lutis (sic fere* U).

222] 91,11. LR: Guiteclins l'antandi, hidors (ardors R) l'en est prise.

Lies mit TU: *tex ardors.*

223] 120,1. L: Le vis tot müé dou fer et de chamoi.

Lies mit TUR: *Le vis ot (a.* R) *camoissié (kamoussé* U).

224] 122,10. L: Dame, dist Baudoïns, a vostre commant.
Lies mit TAR: . . . tot a vostre commant (talant T).

225] 124,4. L: De parler a Saisne estoit forment angrant.
Lies mit TAR: . . . *De p. a Sebile.*

226] 135,1. LTAR: N'a si fort piler qui aval ne dessert.
Lies: *N'i a si fort piler,* oder *N' a nul si f. p.*

227] 155,1. L: Li rois Lohoz de Frise, Berarz et Baudris.
Lies mit TAR: *Baudoïns et Berars et rois Lohos (Looth R) li Fris.* T bietet allerdings die Abkürzung .B. Die aber jedenfalls *Baudoïns* bedeutet.

228] 166,7. L: Puis fu li suens lignages de chevax franchis.
TAR: Par (Pour A) li fu ses linages de chevage (servage AR) f.

229] 192,6. LR: Sovant i ost-on escrïer: Dex aïo!
Lies mit A: *oïst-on* (fehlt T).

230] 204,7. L: Cuident Saisne soient, qi vers ax n'ont amor.
Lies mit TAR: *Quident que soient Saisne.* . . .

231] 210,7. L: Puis passerons outre tuit ansamble a .I. brin.
Lies mit T: *p. a Rune,* oder mit R: *p. la outre.*

232] 217,4. L: Berart de par moi dites tant solemant.
Lies mit TAR: *Baudoïn (B. T).*

233] 226,4. L: Par moi vos mande, sire, .IIII. moz an reprovier:
R: Ele vos a mandé .IIII. moz an reprovier.
Lies mit TA: *Par moi vos a mandé II (III) m. an r.*

234] 232,8. L: Et Berars le fiert par tel devision.
Lies mit TAR: *Et Baudoïns (B. T).*

235] 232,9. Vgl. 168].

236] 238,1. LR: Ja verrez Saisnes venir sor vostre plait.
Lies mit TA: *Guitechin (G. T).*

237] 239,1. L: Cuida Caanins fust, fiz de sa seror Aiglante
A: Cuide Cahanins soit, fix sa serour Aiglente
R: Cuide que Cahatin soit, fiz Esglente.
Lies mit T: *Cuida Caanins fust fiz sa s. A.*

Einen unzulässigen lyrischen Reihenschluss zeigt L in folgenden Zeilen:

238] 64,8. L: Q'il jamais le servent a jor de lor aage.

Lies mit TA: *Que il le jamais servent nul jor de lor aage.*

239] 191,7 u. 193,1. L: Sarrement chevauchent.

Lies mit T: *Serrëement (Sëurement R).*

Zu vom Herausgeber ihrer Silbenzahl nach berichtigten Versen ist Folgendes zu bemerken:

240] 75,5. nach A: An la vilo [s'en entre l] a grans processions.

Lies mit TR: . . . *s'en entrent les g. p.*

241] 156,7. Vos fait par moi [savoir].

Das von Michel ergänzte Wort findet sich in T.

242] 161,12. Ez vos d'autre [part] Rune.

Das ergänzte Wort steht in T; vgl. auch 161,6.

243] 190,1. Salemonz de Bretaigne que pansa ne [dist] mie.

Lies mit TR: *S. de B. pensa plus que ne die (sic fere A).*

244] 216,11 liest auch T wie AR *le vent.* Herausgeber *sormonter* statt *sormont au v.* L.

245] 223,7. Berars d'autre [part] Rune issi de la ravor.

Die Besserung nach AR. Dagegen liest T:

Berars de l'autre part est issuz dou ravor.

Im Hiat steht *je* in einigen Fällen, ohne dass eine Aenderung immer ratsam erscheint:

246] 47,11. L: Mes (Car TA) se je ai (j'en ai A) le los de mes consillëors.

247] 85,7. L: Je vos commant la riens (rien TA) que je amoi (-oie T, q. onques amai R, el monde que j'aim A) plus.

248] 12,10. LTAR: Je ai faites (faite T) mes noces et prise ma moillier.

249] 92,13. LTAR: . . . que je a lui m'acort (atort R).

250] 183,6. LTAR: Et je et Baudoïns . . .

251] Der Artikel *li*, nom. sing. wird meist nicht elidiert, so z. B.: *li uns* 6,2,7. 30,7. 41,7. 53,10 (*l'uns* A). 125,9.

187,13. 244,7. *li ors* 10,5 (𝔏𝔑). 97,2. 101,3. *li orages* 15,2. *li autres* 22,2. 125,9. *li asnes* 27,3. *li avantages* 66,14. *li aigles* 82,2. *li estandars* 96,5. *li eschars* 96,6 (*li esgars* 𝔗𝔄). *li escuz* (𝔄𝔑) 126,6. *li estorz* 145,3. 196,4. 203,3. *li oisiax* 222,3.

252] Elidiert findet sich dagegen *l'autre* (*l'autres* 𝔗) 30,7. *l'autres qui vieut ferrer* 𝔗𝔄 (*li autres vuet ferrer* 𝔏) 59,4. *l'anfes* 80,5. *l'uns* 30,8 𝔄 (*l'un* 𝔑). 232,6 (𝔄𝔑 haben den Vers verändert.

253] 71,14. 𝔏𝔄𝔑: L'atandres (li a. 𝔗) est mauvais.

254] Immer findet Elision statt bei *ampereres* 26,1 etc. *apostoiles* 26,4 etc. *Angevins* 54,5,13. (45,3 aber *Iofroiz li Angevins*).

Der Dativ *li* des Personalpronomens wird nicht elidiert:
255] 63,14. 𝔗: Li baron li otroient (l'outroierent 𝔏𝔄𝔑), voiant tout le barnage.

Die Änderung von 𝔏𝔄 ist zu verwerfen. Vgl. ferner *li outroiastes* 25,8. *li outroie* 108,2. *li outroia* 159,12. 160,13. *li otroi* 𝔗 178,12.

256] Statt 179,1 𝔏: *Et li vaslez l'ancline* liest 𝔑: *Li vallet li ancline*. Man lese mit 𝔗𝔄 *Li vallez l'en mercïe*, wobei Verschleifung von *li* mit *en* eingetreten ist.

Folgende Stellen, in denen sich mehrsilbige Wörter im Hiat befinden, lassen sich nach den andern Hss. ändern:
257] 29,9. 𝔏: Vez ci bone (bele 𝔄𝔑) achoise (aquison 𝔗, ochoison 𝔄, acoison 𝔑) por la voie laissier.
258] 35,5. 𝔏𝔗: S'en est (iert 𝔗) lor volantez faite et (bien treatote 𝔗) acomplie.
      𝔄𝔑: Toute (totes 𝔑) lor volentez or (lor 𝔑) en iert a.
259] 81,8. 𝔏: Li rois chevaucha tant la montaigne et plaine.
    𝔗: Tant chevauche li rois et par bois et par plaine.
    𝔄: Tant chevaucha li os et vallée et montaine.
    𝔑: Tant chevauche li rois aval par mi la plaine.

260] 84,6. 𝔏: Par ce, s'il vos plaisoit, m'an r' (ie m'en 𝔗, si m'en 𝔄𝔎)
iroie arriere.

261] 103,12. 𝔏𝔎: Si home le regardent, virent le (sel v. 𝔗, sel voient 𝔄) anbrunchier.

262] 132,1. 𝔄 (fehlt 𝔏): L'emperere apele (en a. 𝔗𝔎) duc Namlon le Baivier.

263] 157,9. 𝔏[𝔄]: Congié prent li garçons, si s'an torne (-na 𝔗𝔎) a tant.

Gestützt findet sich der Hiat nur 163,6, dessen zweite Hälfte in allen vier Hss. übereinstimmt:

264] Je cuit que sa gent vivent de faine et de glant.

Um den Hiat zu beseitigen, könnte man gleichwohl *et de faine* schreiben.

265] 116,5. 𝔏: Et an li maint d'amor et branche et racine.
𝔄: Et de sens naist on li et tuiaus et racine.

In 𝔗 fehlt die ganze Tirade LXIX. Dieselbe ist wahrscheinlich ein späterer Zusatz. cf. 483].

266] 204,5. 𝔏: Que passé fusse (-ent 𝔗𝔄𝔎) outre li noble poignëor.

267] Aus der Verbalflexion ist hervorzuheben, dass die erste Person sing. praes. ind. der Verben der *A*-Conjugation meist noch kein analogisches *e* aufweist: *cuit* 13,15. 128,18. 163,6. etc. *demant* 15,11. 37,1 (𝔎). 162,8. *commant* 85,7. 124,5. 162,12. *di* 33,10. 37,13. 72,8. 126,1. 228,9. *pri* 37,16. *claim* 67,3. *aport* 92,5. *pans* 156,13. *espoir* 163,6. etc. *aim* 228,8. etc.

268] Daneben findet sich die sekundäre Form *prie* 13,11. 15,9. 131,2. 15,9 im Versschluss.

In allen vier Hss. 92,11 *desire*:

269] Par Mahom! dist li rois, molt *desire* (*desirre* 𝔗) sa mort.

55,9 steht in 𝔏 fehlerhaft *lŏe-je*, während 𝔗 und 𝔄 richtig *lo-je* lesen.

270] Fehlerhaft steht 66,8 in 𝔏 (fehlt 𝔎) sogar *die*, während 𝔗 richtig *di* hat.

271] Auch in der dritten Person sing. conq. praes. der *A*-Conjugation findet sich gleichfalls noch kein analogisches *e*: *amaint* 34,11. *gart* 34,12. 50,12. 144,7. 223,3. *ramaint* 37,17. *vost* (*voist*) 36,1. *doint* (𝔗) 44,9. 65,8. 137,12. *cuit* 120,12. *port* 159,9. *chant* 197,6.

272] 110,2 hat nur 𝔏: Et *monte* an son cheval ...
𝔗𝔄: Et *mont* en (sor) son cheval ...

273] Von Verben auf -*oir* und -*re* finden sich folgende Futurformen mit analogischem *e*: *saveron* 44,8 (𝔗). *estera* 57,14 (𝔏𝔐). *perderont* 64,7 (𝔏). *avera* 66,9 (𝔗). *confondera* 105,8 (𝔗𝔄).

Sie lassen sich jedoch, wie man aus Folgendem ersieht, alle durch andere Lesarten beseitigen:

274] 66,9. 𝔗: auera tele *entente*
𝔏: aura tele *tormente*

275] 44,8. 𝔗: trop tost le *troveron* (gebessert in: *saueron*):
𝔏: trop tost le *saura on*:

276] 105,8. 𝔗𝔄: *Toz* les confondera
𝔏: *Trestoz* les confondra

277] 57,14. 𝔏: ce *estera* fol[o]is:
𝔗𝔄: ce *sera* estre lois:

278] 64,7. 𝔏: Ainz *perderont*, ce dient ..
𝔄: .... *guerpiront* .....
𝔗: .... *guerpirent* .....

279] Zur Nominalflexion ist folgendes zu bemerken: Die Masculina, welche auf lat. -*us* zurückgehen, haben im allgemeinen das etymologisch berechtigte Nom. -*s*.

280] Vor vokalischem Anlaut finden sich z. B. die Eigennamen: *Berarz* 174,7 (𝔐: *Baudoins*), *Carsoignes* 14,5. *Corsubles* 14,5. *Karles* 29,8. 60,13. 64,2. 164,9 *Miles* 21,8.

Sonstige Nomina: *li messages* 24,7. *chevages* 57,8. *combatres* (𝔗𝔄𝔐) 104,13.

Adjectiva: *larges* (*sages* 𝔗𝔄ℜ) im Reihenschluss.

281] Unberechtigt und nur von den Kopisten angefügt ist das *s* in Nominativen von Subst. auf lat. *-er* und *-or*, wie *freres* 89,6 (𝔗: *frere*). 112,9. 123,6. *peres* 137,13; in den Subst. auf lat. *-or* wie *sires* 108,2 (*sire* 𝔗) etc. *ampereres* 29,13 (*-re* 𝔗) etc.

282] 49,11. 𝔗𝔄: Se noz *sire* endroit soi (nous 𝔄; se vos droituriez *sires* 𝔏).

283] Als Vocativ wird auch durchweg *sire* von den Hss. geschrieben: 65,13. 67,7. 75,6. 92,5. 98,10. 107,2. etc.

284] 147,2. 𝔗𝔏[𝔄ℜ]: L'amperere en ramainne ...

285] Gegen die *s*-Formen spricht auch 96,1 𝔗𝔄ℜ: *et ses frere Eschimars* (*Eschinars* ℜ, *Achimars* 𝔄, *et ses freres Pinçars* 𝔏).

286] Zu belassen resp. anzufügen ist es dagegen bei *miadres* 19,8 und 57,17 𝔏𝔄ℜ𝔗:

ce iert (c'iort ses 𝔄; c'est ses 𝔗) *miadres* (*millors* 𝔗) esplois,

sowie in *nostres, vostres, autres*, wenn sie nicht mit einem Subst. verbunden sind:

287] 104,11. 𝔗𝔄ℜ𝔏: *nostres* (*-re* 𝔏ℜ) en iert (est 𝔄) li droiz (li sordois 𝔏).

288] 201,1. 𝔏: *vostres* en (car *nostres* 𝔗𝔄; que *nostre* ℜ) est li drois.

289] 114,1. 𝔏: ... ançois qu'*autres* i vaigne;

𝔗𝔄ℜ: ainz qu'*autres* (*-tre* ℜ) s'i empaigne;

290] 114,7. 𝔏: ... ançois qu'autres l'apraigne;

𝔗𝔄ℜ: ainz qu'autres s'i empaigne;

Dagegen fehlt es und ist auch nicht anzufügen, wenn dieselben Worte mit einem Subst. unmittelbar verbunden sind:

291] 135,13. 𝔗𝔏: La fist *nostre* empereres mervillose franchise.

292] 26,9. 𝔗𝔏: Del vangier vos semont *vostre* ampereres d'Aiz.

293] 84,13. 𝔗𝔏𝔄ℜ: Maintenant soit *vostre* (*voz* ℜ, *vos* 𝔄) hom et son (vo 𝔏) droit (fief 𝔏, fié 𝔄, fiez ℜ) vos (vo 𝔏𝔗) requiere.

294] Formen ohne berechtigtes Nom. *-s* finden sich in einzelnen Hss. (besonders ℜ), aber in der Sprache des Dichters werden sie durchweg ein *s* gehabt haben, wenn ich auch streng beweisende Fälle nicht anzuführen vermag. Jedenfalls sind mir keine gesicherten Belege *s*-loser Nom. von Subst. der *o*-Deklination auf tonloses -*e* aufgestossen, deren *e* vor vokalischem Anlaut Elision erfahren hätte.

Eigennamen: *Gilemer* 29,10 (𝔗). *Ihesu* 34,12. *Sesne* 36,7 (𝔑). 162,14 (𝔑). 165,8, 9. 201,3. Sonstige Nomina: *apostole* 23,11. 33,3. 77,9 (𝔑). *mestier* 150,5 (𝔗𝔘). Adjectiva: *chascun* 30,9. 125,8. *nul* 72,10 (𝔗).

295] Dem Nom. plur. der Masculina kommt kein -*s* zu, wenn sich auch in den Hss. bereits einige Formen, in denen ein -*s* steht, finden; denn -*e* wird elidirt in *Saisne* 17,7. 18,1. 19,2. etc. *prince* 39,4. 75,2. etc. etc. *nostre* 222,8.

296] In folgenden Fällen: *Deus cens chevaliers* 17,5. *si aillent II messages* 63,6. *contes* (*conte* 𝔗) 83,9. *aumacors* 95,9 (𝔏𝔘). *autres* (*autre* 𝔗) 211,10. *bauz et liez et joianz* (ohne *s* 𝔗) 67.8. können die -*s* also ohne weiteres getilgt werden.

297] Von Eigennamen, deren Nom. auf -*es* und deren Obl. auf -*on* endigt, finden sich in unserem Texte folgende: *Karles, Bueves, Hües, Miles, Naimes*.

298] Dass die Nom-Endung -*es* und nicht -*ons* ist, lässt sich aus den Versen ersehen, in denen der Nom. im Reihenschluss steht, z. B.: *Karles* 23,3. 56,4. 68,10. 86,12. 92,6. 157,2. 185,5. 213,13. etc. *Bueves* 35,2. 49,10. *Hües* 55,9. 197,6. 42,9. *Naimes* 37,3. 65,3. 68,6. 73,3. 101,12. 125,10. 138,7. 139,12. 144,5. 158,1. 187,9.

299] Ein Vers, in dem *Miles* im Reihenschluss steht, kommt zufällig nicht vor.

300] Der Obl. auf -*on* steht im Reim: *Karlon* 17,1. 39,2. 39,17. 140,13. 180,5. 231,6. *Buevon* 141,4. *Huon* 39,14. 44,2. *Naimon* 109,8. 141,1. 234,2. *Milon* 17,5. 25,3. 183,4.

301] Ausserdem wird der Obl. auf *-on* noch geboten von 𝔗𝔄𝔕 24,9: *et puis le roi Karlon (.Kl'm. ℜ)* gegen 𝔏 *de deu et de son nom.* von ℜ: 109,9+ *Le riche duc Sanz-Barbe c'on apele Buevon.*

302] ℜ 184,8 bietet als Nom. im Reim: *l'amperere Karlon* gegen 𝔗𝔏[𝔄]: *a Rains ou a Loon.*

303] Als Nebenform zu *Karlon* kommt die Form *Karle* vor. Sie steht als Obl. im Reihenschluss: 12,12. 23,5. 60,7. 71,7. 105,13. 125,2. etc.

304] Man schreibe aber *Karlon* statt *Karle* mit 𝔗𝔄: 55,6 80,1. mit 𝔗ℜ gegen 𝔏𝔄: 23,5. 125,2. mit 𝔗: 46,2. 50,11. 57,11. 65,6.

Dazu kommen folgende Stellen:

305] 𝔗𝔄: *Lors irons Karlon querre* statt 𝔏: *Puis irons veoir Karle* (fehlt ℜ) 48,2.

306] 𝔗𝔄: *Demain lor iert rendūe de Karlon (Karle 𝔄) la folors* statt 𝔏: *... randu por Karle nostre irors.* (fehlt ℜ) 48,12.

307] 𝔗: *Li qex est nies Karlon* statt 𝔏𝔄ℜ: *Li qex est li nies Karle* 102,12.

308] 𝔗: *Qar qui donroit Karlon* statt 𝔏𝔄ℜ: *Qar qui donroit a Karle* 105,13.

Karlemaine statt *Karle* ist einzusetzen:

309] 79,3. 𝔏: *Tuit afient et ferment a aidier le roi Karle.*
    𝔗𝔄ℜ: *Tuit afichent (s'a. 𝔄, s'afient ℜ) et iurent a a. (de servir 𝔄ℜ) Charlemaigne.*

310] Der Nom. *Miles* findet sich 16,10. 19,9. 20,2. 21,3. 21,8. 41,6. 163,7.

311] Die Vocativform *Mile* bietet Vers 20,6.

312] Als Nominativform findet sich *Mile* 213,2 im Reim: *vile: Mile: Sebile: evangile.* 𝔗𝔄𝔏 stimmen überein, ℜ fehlt.

Eine Nominativform *Mile* ist auch in 𝔗 enthalten:

313] 41,6. 𝔗: *Morz est Mile (Miles 𝔏𝔄) li dus.*

314] Es sei noch erwähnt, dass neben *Mahomet* in V. 180,8. 219,4. 104,12. auch *Mahon* 5,3. 11,15. 12,6. 13,11. 24,15. 92,11. 104,2. 142,4. 162,14 etc. begegnet. 𝔗 bietet 11,15. Nom. *Mahons* gegen 𝔏𝔐𝔎: *Mahon*.

315] Auch die anderen Eigennamen variiren in den einzelnen Hss:

189,2 le conte *Ammaufroi*, 𝔗 Eranfroi (𝔄 Erenfroi), 𝔎 Herquenfroi. — 179,5 *Aqin* de Belinas, 𝔗 Aiquin de Belinas, 𝔄 Aikin de Belinas, 𝔎 (a l'acier) de Biaumas. — 76,13 en *Ardene*, 𝔗 en Gascoigne, 𝔄 en Argonne. 85,11 en Ardene (𝔗 Ardane). 146,8 Tierri d'Ardene (𝔗 d'Ardane), 𝔎 d'Ardone. 154,9 Ardane, 𝔎 Ardaine. 77,11 en Ardone, 𝔗𝔄𝔎 Argone. 80,10 De .XX. m. Ardenois, 𝔎 Ardonois. — 101,3 li ors d'*Arrabe*, 𝔗𝔄 d'Arrage. — 96,2. 𝔏𝔗 do regne (as) *Ascopars*, 𝔄 Achopars, 𝔎𝔗 Acopars, — 14,13 regne d'*Alfente* (𝔎 d'Aufenïe), 𝔗 r. de Persïe, 𝔄 r. de Fenïe. — 161,13 Rois estoit d'Aufenïe, 𝔗 de Fenïe. — 178,6 *Baudımas*, 𝔄 Baudemas. cf. 178,6. — 178.7 *Baudas*, 𝔎 Damas. — 177,9 li rois de *Baudele*, 𝔗 Bondele, 𝔄 Orbendole, 𝔎 Tudele. — 216,2 *Berart* de Mondidier, 𝔎 Berart de Normandïe. — 7,7. 8,5 u. 166,11 cors a cors a *Broier*, 𝔗 Braier, 𝔄 Brehier. — 195,6 *Brotons*, 𝔎 Bretons. — 6,3 *Brunamont*, 𝔄 Justamon. — 141,8 *Brunamon*, 𝔎 Briamon. 142,7 va ferir Brunamont, 𝔗 Va ferir .I. des Saisnes, 𝔎 Et vait ferir Guintran, 𝔄 Et vait ferir .I. Saisne. — 96,2 *Bruscostez*, 𝔗 Bruncosté, 𝔄𝔎 Bruncostez. 141,9 Bruncosté, 𝔄 Bruns-Costéz. 194,2 𝔄 Bruncostez, 𝔎 Brun-Costé. — 49,6 *Buevon*, 𝔗𝔄 Soibaut. 49,10 *Bueves*, 𝔗𝔄 Hües. 56,8 dus Bues, 𝔗 Soibues, 𝔄 Sobans. — 231,13 *Caanins*, 𝔄 Cahavins, 𝔎 Quahatin. cf. 234,3. 235,6. — 236,5 Caanin, 𝔄 Cahanin, 𝔎 Quahatin. cf. 238,9. 239,1. 239,2. 239,9. — 158,5 (l'aive de) *Carsïe*, 𝔗 Garsïe, 𝔄 Tarsïe. — 14,5 *Carsoignes*, 𝔗𝔎 Casorez cf. 96,1. 201,11. — 96,1 *Carsores* de Polaine, 𝔗 Cesaires de Polaine, 𝔄 Cassores de Poulene, 𝔎 Casorez de Polaine. 201,11 Caloré, 𝔗 Escorfaut, 𝔄 Cassore, 𝔎 Casoré. — 43,15 *Chastel-Landon*, 𝔗 Chasseldon. 105,5 Colenois, 𝔗 Coloingnois (𝔄 Couloignois, 𝔎 Colongnois). — 15,10 *Coloigne*, 𝔎 Gascoigne. — 154,8 *Corbuel* (𝔎 Corbues), 𝔄 Corbueil. — 73,3 *Danois*, 𝔗𝔄 Ardenois (𝔎 Ardonois). 97,6 Danois, 𝔎 Donois. cf. 228,4. — 132,6 𝔄 *Englebuef* le

Flamenc (𝔏 fehlt), 𝔗 Gerbuef le Flamain, 𝔑 Gondebues le Flamenc. —
63,13 *Forques* de Droies, 𝔗𝔄 Fouques de Dreves. 64,10 Forques, 𝔗
Hües, 𝔄 Foukes. cf. 67,7. — 200,7 Forques de Droies, 𝔗 Forques de
Dreves, 𝔑 Hües de Dröes. — 41,3 *Frise*, 𝔗𝔄 Bise. 147,14 Frisons, 𝔗
Flamanc. 171,9 Frison, 𝔗 François. — 62,10 *Gacelins* de Droies, 𝔗
Guill. de Dreves, 𝔄 Guillaumes de Dreues. — 7,2 *Garin* le Pohyer,
𝔑 Girart le Pontier, 𝔗 Garin le Ponhier. 132,6 Garin le Pouhier,
𝔗 Gerin le Ponhier, 𝔑 Garner le Poitier. 166,3 Garins de Baviere,
𝔗 Garins de la Serre, 𝔄 Garins de Sansuerre, 𝔑 Garins de Lancele. —
32,12 *Gilemer*, 𝔗𝔑 Ganelon, 𝔄 Guenelon. 78,5 Gilemer, 𝔑 Guilemer. —
38,2 *Girarz*, 𝔄 Tierris. 38,19 Girarz, 𝔗 Tierris. 39,2 Girarz, 𝔗 Tierris.
50,7 Girart, 𝔗𝔄 Gerart. 200,7 Giraz de Gastinois, 𝔗 Bichars de Gasti-
nois, 𝔑 Hües de Gastinois. — 15,4 *Glore*, 𝔑 Amgles (𝔗𝔄 haben den
Vers geändert). — 14,8 *Golane*, 𝔗𝔄 Colaire, 𝔑 Cremoigne. — 9,4 *Gui-
teclins*, 𝔄 Guitechins (cf. Anm. zu 9,4), vgl. ferner 23,2 Anm. 137,1.
137,5. 189,6. 227,2. 238,1. — 152,10 la gent Guiteclin, 𝔗 la gent Apolin.
210,9 Guiteclin, 𝔗𝔄𝔑 Apolin. — 80,5 *Hauberz* d'Estampes, 𝔗 Aubris d'Estam-
pes, 𝔄 Aubers d'Estampes, 𝔑 Haubert d'Estanpes. 199,9 Haubert, (Au- 𝔗,
Lam- 𝔄) l'Estampois. 149,3 Herbert l'Estampois, 𝔑 Lambert l'Estam-
pois, 𝔄 Aubert l'Espanois. 152,2 Herbert, 𝔗 Auberz, 𝔄𝔑 Aubert. —
15,3 *Hauteme*, 𝔗 Tremoigne, 𝔄 Couloigne, 𝔑 Pire. — 74,5 *Hernaïs*,
𝔄 Ernäys. 199,9 Hernaut (𝔄 Ernaut), 𝔗 Hernaïs, 𝔑 Bernai. — 29,7
Herupe, 𝔑 Herupere. 30,8 Herupe, 𝔄 Hurupe cf. 67,9. 155,3 Herupe,
𝔗 Hurepois. 185,10 Herupe, 𝔗 Hurepois, 𝔑 Herupois. 32,3 *Herupois*,
𝔗𝔄 Hurepois. 36,2 Herupois, 𝔗 Hurepois. Die Schreibungen Herupois,
Hurepois, (auch Herupe, Hurupe) wechseln in den Hss. in gleicher Weise
auch sonst cf. 40,11. 42,10. 53,8. 60,4. 75,10. 184,2. 193,8. 198,2. 202,7.
207,7. — 44,4 *Hugon*, 𝔄 Symon. — 149,4 𝔗𝔄 *Iocelin* de Dreves, 𝔏 le cor-
tois de Droies, 𝔑 Gascolin de Dreues. — 6,10 *Iofroi* de Paris, 𝔗 Ioifroi
de P. 74,3 Iofroiz d. P, 𝔑 Naimes li floriz. 148,3 Ioifrois, 𝔗𝔄𝔑 Gau-
froiz. — 30,3 (Sire fu de) *Illande*, 𝔄 Hollande, 𝔑 Horlande. — 77,11
Lige, 𝔗𝔄𝔑 Liege. — 15,1 *Lignecestre*, 𝔗 Vincestre, 𝔄 Linecestre, 𝔑
Lineceste. — 57,11 *Loon*, 𝔗𝔄𝔑 Orliens. — 138,14 *Lohot*, 𝔄 Lohous,
𝔑 Looth. 155,1 Lohoz de Frise, 𝔗 Lohos li Fris, 𝔑𝔄 Looth li Fris.
Die Schreibungen Lohos, Lohous, Looth wechseln häufig. Vgl. 41,11.

109,10. 130,1. 130,7. 130,13. 132,5. 133,14. 159,10. 172,11. etc. — 216,6 *Lucaire*, 𝔑 Lucane. — 141,9 La roiche *Mahon*, 𝔗𝔄 Noiron, 𝔑 Mahon. — 61,8 *Maiance*, 𝔗𝔄 Maissance. cf. 61,10. — 68,1 Sor l'aigue de Maiance, 𝔗 S. l'a. de Tamise, 𝔑 De Mahaigne se sunt logiez, 𝔄 .. Maisence ... 70,11 Maience, 𝔗𝔄 Maissance, 𝔑 Mahaigne. — 195,6 *Malax*, 𝔗 Maolaus, 𝔄 Mallaus, 𝔑 Marceax. — 43,12 *Mansel*, 𝔄 Mansois. — 106,5 *Marsebibe*. 𝔗𝔄 Marsebile, 𝔑 Marsabile. 108,7 Marsebile, 𝔄𝔑 Marsabile. — 12,1 *Marsiles*, 𝔗 Marsires. — 52,15 (Hües del) *Moines*, 𝔗𝔄 H. dou Maine. 69,6 Huon de Moine, 𝔗 Huon le Maine. — 98,7 Au gué de *Morte*, 𝔗𝔄𝔑 de Morestier. 104,3 de Montester, 𝔗𝔄𝔑 ... de Morestier. 158,7 de Montestier, 𝔗𝔄𝔑 de Morestier. 175,2 de Moritier, 𝔄 de Morestier, 𝔑 de Moritier. — 14,13 *Murgalez*, 𝔗 Murgalanz, 𝔑 Murgalain. — 33,6 *Naymes*, 𝔄 Namles. 65,3 Naymes, 𝔗 .N., 𝔄 Namles. 𝔄 hat meist *Namles*; 𝔗𝔑 stimmen fast immer mit 𝔏 überein, vgl. 37,1. 68,11. 82,6. 89,5. 132,11. 158,11. 171,1. 224,2. — 75,11 *Nevelons*, 𝔗 Namelons, 𝔄 Namëons, 𝔑 Malons. — 178,4 *Odierne*, 𝔗𝔄 Odïete, 𝔑 Odïote. — 93,6 *Orcane*, 𝔗 Orquano, 𝔄 Orquene, 𝔑 Orcaire. 193,7 Daires d'Orcaigne, 𝔗 Daires d'Orqaine, 𝔑 d'Orcoine. 220,11 Orcane, 𝔗 Orqane. 175,8 Orcanïe, 𝔗 Orquenïe. — 43,11 *Paris*, 𝔗𝔄 Mongiu. — 51,9 *Pinçart*, 𝔗 Poinçart. 96,1 Pinçars, 𝔗 Eschimars, 𝔄 Achimars, 𝔑 Eschinars. 176,2 Pincenart, 𝔗 Poincenet, 𝔄 Pinçonnet, 𝔑 Poicené. 242,4 Pincenet, 𝔗 Poincenet, 𝔄 poignant, 𝔑 Pençonet. — 25,10 *Rains*, 𝔑 Roius. — 168,1 *Respin* de Rogemont, 𝔗 Verbin de Rougemont, 𝔄 Harpin de Rogemont, 𝔑 Arpin de Rogemont. — 44,12 *Richarz*, 𝔗 Tierris. — 161,11 *Ripeu*, 𝔗 Ripaut, 𝔄 Rispeut, 𝔑 Ripués. 172,10 Ripex d'Allemaigne, 𝔗 Ripaus l'Alemanz, 𝔄 Rispeus l'Alemans. — 106,10 *Rune*, 𝔑 Rime cf. 107,5. 114,1. 110,4. 158,3. — 124,1 Rune, 𝔑 Ruine. — 16,4 *Saint-Lambert*, 𝔗𝔄𝔑 Saint-Herbert. 87,4 Saint-Lambert, 𝔗𝔄𝔑 Saint-Herbert cf. 151,8. 188,12. — 187,7 *Saisnes*, 𝔗𝔄 Yvres. — 191,13 L'arcevesques de *Sanz*, 𝔑 de Rains (de Dieu 𝔄). — 218,9 *Sezaire*, 𝔗 Cesaire. 58,3 *Sorbues*, 𝔗 Soibues, 𝔄 Soibaus. 62,7 Sorbués, 𝔗 Soibnef, 𝔄 Soibaus. Einmal steht in 𝔗 statt Sorbués: Iofroi (v. 63,12), cf. ferner 63,3. 64,10. 69,9. 185,7. 188,2. 190,5. — 188,9 Sire, ce dit Sorbués, 𝔗 Antequins, 𝔄 Auquetins, 𝔑 Antequin. — 109,9 *Tierri l'Ardenois*, 𝔗𝔄 Tierri de Vermandois, 𝔑 Tierris de Vermandois. 172,10 Tierriz, 𝔄 Namles. 15,6 *Tremoigne*, 𝔑 Acremoigne cf. 91,3. — 72,13. Tremoigne, 𝔑 Cremoigne cf. 97,1. 100,12.

316] Von sonstigen Doppelformen begegnen ferner *com*, [*comme*; *encor*, *encore*; *or*, *ore*.

317] *Com* und *comme* scheinen unterschiedslos verwendet zu sein. *com* z. B.: 6,6. 17,9. 19,5. 39,6. 71,4. 146,9. 164,9. 170,9 etc. *comme* z. B.: 11,9. 27,3 (𝔏𝔄𝔑). 43,2. 77,6 (𝔏𝔄𝔑). 226,9 (𝔏𝔄𝔑).

318] Vers 244,6 steht *onqor*:

Qar *onqor* n'estoit mie de s'ire refroidiez.

𝔏 hat hier *ancor*.

319] Am häufigsten begegnet *encor*, *ancor*; cf. 11,12. 71,15. 113,4. 117,5. 217,8 etc. Daneben bietet 𝔑 *ancore*:

320] 71,15. 𝔏: Miaz vauroit li foirs *ancor* fust-il plus lais.

𝔑: Miaz vauroit li foirs *ancore* fust plus lais.

8,3 haben 𝔏𝔄𝔑:

321] Qar *ancores* servoit au role d'oscuier (𝔏 *ancore*);

322] *or* ist häufiger. cf. 9,6. 26,13. 33,4. 40,8. 56,15. 67,9. 105,4. 164,11. 184,2. etc.

ore kommt nur vor 53,7 und 124,9:

323] 53,7: Ici de Karlemaine me doi *ore* bien taire.

324] 124,9: Mains *dote ore* l'aive q'il n'avoit fait devant.

𝔏: Mains *redote ore* l'eve etc.

325] Neben Nom. *monz* (lat. *mundus*) 126,11. 193,11. 11,12. und Obl. *mont* 13,14 (𝔏). 184,11. 211,1. findet sich 11,12 in 𝔑 *mondes* st. *mons* 𝔏𝔄𝔏, und 67,4 *monde* 𝔏[𝔄𝔑] gegen *mont* 𝔏.

Eine sekundäre Femininform *tele* und *quele* findet sich in folgenden unsicheren Fällen:

326] 22,3. 𝔏: *Tele* done (Tel cop dona 𝔏𝔄𝔑) le duc . . .

327] 66,9. 𝔏𝔄: Mes as deniers reçoivre aura *tele* tormente (avera *tele* entente 𝔏).

328] 222,13. 𝔏: de joïr *tele* (haute 𝔄, de joie haute 𝔑, d'avoir nobile 𝔏) amor.

329] 232,2. 𝔏𝔄𝔑: Baniere et coverture ot de *tele* façon (d'*icele* façon 𝔏).

In der Hs. L sind folgende falsche Zahlenangaben vorhanden, welche nach den anderen Hss. zu bessern sind:

330] 13,2—6. LTAR: Sire, dit Escorfauz, bien vos sai consoillier:
Faites chascun baron an sa terre anvoier
Par tot l'arriore-ban qu'il porra justisier;
De (Dui TA) cest jor an *un mois* (an T. Dui q'a .II. mois i
                      soient R) sanz plus de delaier,
As prez desoz Golane se vaignent hebergier.
Vgl. 28,14.

331] 19,2. L: Saisne entrerent (entrent en TAR) dedanz (Couloigne T,
        la vile AT) *cinq cent* (*mile* AR) a un tropel.
Vgl. 21,2. LT[AR]:

332] Tex *cinq cens* en i laissent, qui n'ont mestier de mire.

333] 77,11—78,1. LTAR: Mandé furent li prince (comte T) an (a TR)
Lige (Liege TAR) et an (a TA)Ardone (Argone TAR).
Et tuit li .XII. (Et li .XIV. TAR) roi dont Karles se corone.

334] Vgl. 23,9:
Quatorze rois i ot a ore de soper.
und 40,13. 83,9. 64,5. 30,1. 94,6.

335] 96,6. LTAR: Plus de .X. (.V. TA) liues plaines (longues T) a
duré (anduroit T, endure AR) li eschars (esgars TA).

336] 167,3—5. LTAR: Queque (Luesque T) Karles parole et au Saisne
                      (p. li Saisnes li T) respont,
Guiteclins de Soissoigne, qui fu fiz Justamont.
A tot .X. (.XX. T, .XV. AR) M. Saisnes estoit montez adont
                      (a mont T).
Vgl. 80,10. 158,4. 159,6. 159,11. 160,7. 160,9. 194,5;
227,3: .X. *millier*.

337] 101,8—9. LR: Bien lor devriens faire le premier avantage.
.XX. (.XXX.) m. chevalier en iront ou (anvoion au) rivage.
Die Zeile fehlt TA. Vgl. aber 102,2.

338] 32,5. LTAT: Onques (C'onques AR) d'ax n'ot tröu (cavage AR)
            vaillissant .I. (.II. TR) poiois (polois T).

Dagegen hat L gegen T resp. R das Richtige in folgenden Fällen:

339] 17,4—5. LTMR: Ses borjois fait armer chascun a sa maison;
Deus cens chevaliers furent (Dui chevalier estoient T) avec le duc Milon.

340] 92,1—2. LTMR: Iriez fu Guiteclins, de l'eschaquier s'atort (s'estort T),
Puis commande (a dit TM) au message q'autre (.IIII. T, autre R) foiz li reoort.

341] 92,7—8. LTMR: Sor Rune la parfonde est herbergiez (arrivez M) au port,
Plus de .V. (.VII. R) liues plaines (longues T) contreval le regort.
Vgl. 100,8 und 90,12.

342] 100,8. LR: Plus de .V. (.VII.) liues plaines lez la rive estandüe.
TM: . . . . longues contreval espandüe.

343] 123,11. LTM: De .III. espiez le fierent an la targe (pene TM) devant.
R: De .IIII. .c. espiez le fierent en son escu . . .

344] 159,1. LTMR: Et seront en ta (vo TMR) rote .XX. M. (r. bien .XXX. R) chevalier.

Es ist nicht statthaft, dass in einer Rede dieselbe Person bald im sing., bald im plur. angeredet wird. Es sind daher folgende Zeilen zu bessern:

345] 24,13. L: Sire, dit li messages, antandez ma raison:
24,14.   Guiteclins de Soissoigne o son frere Gozon,
24,15.   Lui diseme de rois do lignage Mahom,
25,1.   Sont antré an *ta* terre a force et a bandon.

Man schreibe 25,1 mit T *vo* statt *ta*.

346] 85,10. L: D'icest jor en avant *te* çoveigne de lu.

Man lese statt dessen mit TMR in 85,10:

347] Sovant iert de sa mere em plorant atenduz (entenduz R),
Queque de lui avaigne bien en *soiés* seürs (d'ui ce jour en ensus M;
![avan sus] MR),

denn die *duchesse* hat den König zuvor mit *vos* angeredet.

348] 158,14. L: Androit le tré Sebile irez enuït gaitier,
159,1.   Et seront an ta rote .XX. M. chevalier.

Lies mit TAR: *en vo rote.* . . .

349] Nicht zu beseitigen dagegen ist der Wechsel in einer Rede Joifroi's an den Kaiser. Hier wird der Kaiser zunächst konsequent mit *tu* angeredet. (148,4, 6, 7, 13, 15. 149,1.) 149,2 lesen TAR aber: *Qar mandez Salemon* gegen L: *Q. mande S.* und 149,5. TLAR:

350] Qu'il *vos* vaingnent secorre et lor riche hernois (a molt riches conrois TA).

Im folgenden Falle hat allerdings wohl nur der Reimzwang den Wechsel verschuldet:

351] 71,7. TLAR: .I. mes sen (an LAR) vint a Karle sel (son L) trueve en som (son LAR) palais:
71,8. TLAR: Emperere, fait-il, garde bien (pren g. L[AR]) que tu faiz.

Wo dieser nicht vorliegt, wie 71,14 tritt die allein angemessene Anrede mit *vos* wieder in ihre Rechte:

352] 71,14. TAR: Se il de riens *vous* heent (Se il de rien *te* heent L).

Recht hart ist der Wechsel von *nos* zu *me*:

353] 27,10. L: Nuls ne *nos* faisoit guerre ne *me* menoit dongier.

Man lese darum mit T: *ne ne m. d.* oder mit R: *ne demenait dongier.*

Bisweilen findet sich in einem Redeabschnitt ein Verbum, das in der Person oder im Numerus nicht mit dem Subject übereinstimmt:

354] 106,7. L: Guiteclin, fait-il, sire, *tu* ne doiz pas atandre;
106,8.   *Vez* le tans bel et cler, si chante la calandre.

Man lese mit T *voi* (*vois* A *voit* R).

Offenbar war wegen der fast formelhaften Ausrufe, die mit *vez* eingeleitet werden, (z. B. 109,12: *Vez le tans bel et cler* . . . 239,10 *Vez-an la jus le cors . .*) dem Schreiber von

𝔏 das Bewusstsein des pluralischen Charakters von *vez* geschwunden.

355] 126,8. 𝔏: O li a mainte dame qi sont de franche orine.

Dieser Vers bietet eine constructio κατὰ σύνεσιν und wird, da 𝔗 mit 𝔏 übereinstimmt, nicht geändert werden dürfen, obwohl in 𝔄 *est*, in 𝔑 *fu* statt *sont* eingesetzt ist.

Härter ist der Wechsel 153,8 f.:

356] 𝔏: Qar nos le secorrons de molt riche maniere:
  Ou regno de Sessoigne *ferai* large chariere.

Man bessere daher mit 𝔗𝔄𝔑 *ferons* statt *ferai*.

Oft ist in 𝔏 derselbe oder fast derselbe Ausdruck in einem Verse, oder in zwei aufeinanderfolgenden, oder in Versen, die nur durch wenige andere von einander getrennt sind, wiederholt worden. 𝔗𝔄𝔑, 𝔗𝔄, 𝔗𝔑, 𝔗 bieten dafür meist eine abweichende Lesart, welche als die ursprüngliche anzusehen ist.

In der gleichen Zeile wird dasselbe, oder nahezu dasselbe Wort, wiederholt:

357] 21,1. 𝔏𝔗𝔄𝔑: Mes ensi com il (M. si c. il lor 𝔑) sunt (vienent 𝔗𝔄𝔑) les prenont *tire* et (toz [tot 𝔑] a 𝔗𝔄𝔑) *tire*.

358] 31,9. 𝔏𝔗𝔄𝔑: Apostoiles, *fait* (dist 𝔗) il, grant tort nos *fait* (vers nos a tort 𝔗𝔄𝔑) cist rois.

359] 38,3. 𝔏𝔗𝔄 (fohlt 𝔑): Voire, voir (ce 𝔗𝔄) dit Lamberz, par itel covenant.

360] 58,6—7. 𝔏𝔗𝔄 (fehlen 𝔑): Chascuns an son païs s'an reva sejorner. Les deniers *fierent faire* (d'acier firent 𝔗𝔄) forjer et menovrer (moncer 𝔄).

361] 65,11—12. 𝔏𝔗𝔄 (fehlen 𝔑): „Baron, dist l'empereres, dites-moi sanz atante
Comment lo font ma *gent* (mi home 𝔗𝔄) de Herupe la *gente*."

362] 69,1. 𝔏𝔗𝔄𝔕: Graot joie *ont* (Ioiant sont 𝔗𝔄𝔕) li message qant (bien 𝔗𝔄𝔕) *ont* fait lor querele.

363] 85,12. 𝔏𝔗𝔄𝔕: „Dame, *ce* dit li rois (D. dist l'empereres 𝔗, dit l'enperore 𝔕), tot *ce* ne vos refus."

364] 144,6. 𝔏𝔗𝔄𝔕: Chascuns i fiert d'*espée* et d'*espié* (f. de lance ou d'espée 𝔗𝔄, Ch. d'aus i feri ou de lance 𝔕) et (ou 𝔗𝔄𝔕) de dart.

365] 189,6—7. 𝔏𝔗𝔄𝔕: Les tantes (La tante 𝔕, Loz le tré 𝔗𝔄) Guiteclin nos mostra la (ansaingna 𝔗𝔄𝔕) au doi;

La *avons* (nos a 𝔗𝔄𝔕) terre prise, ja an (bien en 𝔗) *avons* l'otroi.

366] 206,7. 𝔏𝔗𝔄𝔕: Ne *chauce* de*schaucie* (deslacïe 𝔗𝔕).

Vgl. 420].

367] 217,1. 𝔏𝔗𝔕 (fehlt 𝔄): Quant a la *proie prise* (Et qant il tient la [sa] proie 𝔗𝔕), sor (vers 𝔕) le poig (poing 𝔗𝔕) se desçant (s'en revient 𝔗).

368] 226,2 3. 𝔏𝔗𝔄𝔕; Mes puis que la roïne fist de moi (r. m'a fait son 𝔗𝔄𝔕) messagier,

Ne (Nen 𝔄) quier (voil 𝔕) *vers* li (Ne vos en quier 𝔗) mentir (mesprendre 𝔕) ne *vers* (n'envers 𝔗) vos losangier.

In Versen, welche direkt auf einander folgen, ist ein Wort wiederholt an folgenden Stellen:

369] 22,6—7. 𝔏𝔗𝔄𝔕: Quant li dus fu *ocis* (Q. d. Miles fu morz 𝔗, Q. fu mors li d. Miles 𝔄𝔕) a duel et a torment,

Et si dui fil *ocit* (ausi 𝔗, avec 𝔕, Si doi fill et sa femme 𝔄) ot sa fame au cors gent (sa f. et si parant 𝔗, et si autre parent 𝔄𝔕).

Zu 𝔗: *dus Miles* ohne Artikel vgl. 21,3; sonst findet sich oft *li dus Miles* 19,9. 20,11. 21,8. 25,3 u. s. w.

370] 23,11—24,1. 𝔏𝔗𝔄𝔕: L'apostole s'apreste por (de 𝔗) la messe chanter.

Se l'ofrande fu riche ne *fait* a demander.

Qant ot *fait* le servise (Q. fu fais li services 𝔄, Q. la messe fu dite 𝔗) si sunt alé laver.

371] 40,1—2. 𝔏𝔗𝔄 (fehlen 𝔕): Qant li cuens les i sot, molt li fu bel et *bon*;

Presant (Presanz 𝔗) lor anvoia, vin froit et *bon* (fruit et vin et 𝔗𝔄) poisson.

372] 44,3—5. LTA (fehlen R): Lors livrerent la chartre au riche
                                                       Salemon:
       Cil (Il T) la commande a lire au (son T) chapelain Hugon
                                                       (Symon A).
       Cil an plore et sospire qi (qant TA) voit (ot T) la mesprison.

373] 48,2—4. LTA (fehlen R): Puis *irons* veoir Karle (Lors i. Karlon
                       querre TA) desor (dessuz T) les missodors;
       Ardant *irons* (Et gasterons T) ses (les TA) viles, ses (les TA)
                            chastiaz et ses (les TA) bors;
       Nes tanra forteresce ne *chastiaz* ne forz tors,
       (Vers nos ne se tenra forteresce ne tors TA).

374] 58,1—2. LTA (fehlen R): Si les ferons *morir* ou metre a granz
                       destrois (f. boulir ou en cire [oile] ou em poiz TA)
       Ou *morir* an (a T) tel guise com vos deviserois.

375] 72,10—11. LTAR: Et s'il (Se nul T) a vers *vos* ire, que tot ne
              (proiez qu'il T, tost ne le A, molt tost nous R) *vos* pardoigne.
       Puis iront (venront TR) après (avec R) *vos* (nos TR) ou regne
                                           de Soissoigne (Saiss- T).

376] 105,3—4. LTAR: Travaillié sont *si home*, molt l'an iert sordois
                                   (des maus et des anois TAR):
       Or sont logié (est logiez R) *si home* (la outre TAR) aval ce (cel T)
                            brüerois (avan ce gastinois R).

377] 122,10—11. LTAR: Dame, dist *Baudoïns*, a (tout a TAR) vostre
                                                   commant (talent T).
       Lors broche *Baudoïns* (li niés Karle TAR) le destrier auferrant
                       (le vair [noir R] destrier movant TAR).

378] 124,3—4. LTAR: Sovant retorne (trestorne R) as *Saisne* et fiert
                       en gainchissant (a aus et va reganchissant T).
       De parler a *Saisne* (a *Sebile* TAR) estoit forment angrant.

379] 137,14—138,2. LTAR: Berart firent (ont fait T) baignier en .I.
              leu destolu (en mi .I. pré herbu A, a force et a vertu T),
       Les dames l'ont antr' eles de riches *dras* (d'un riche drap TR,
                                   molt richement A) vestu;
       Chauces ot de brun paile et *dras* de (d'un TA) chier bufu (et
                                       soler molt agu R).

380] 149,7—9. 𝔏𝔗𝔐𝔑: Plus de .c. s'en escrient (de .V. C. s'e. 𝔗, Puis s'e. ensamble 𝔄) trestuit (chascuns 𝔗𝔐𝔑) a .I. vois:

Amperere de Rome (France 𝔑), bien est raisons et drois.

Baron, dist l'*ampereres* (Karlemaines 𝔗𝔐), si iert com vos vodrois.

381] 150,8—10. 𝔏𝔗𝔐𝔑: Assez i ai soslert (-rs 𝔗) et poines et tormans
(ahanz 𝔗𝔐𝔑);

Molt i a (ai 𝔗𝔐𝔑) de mes homes malades et *gisans* (*estans* 𝔗𝔐, *pesanz* 𝔑),

Lassez et enuïez (ennüeus 𝔑) de *gesir* par ces (les 𝔗) chans.

382] 157,7—8. 𝔏𝔗𝔐𝔑: Karles froisse le cire, va (vit 𝔗) la *letre* lisant, [Ce que cil li a (ot) dit i trouva maintenant 𝔄𝔑]

La *letre* (Li *bries* 𝔗𝔐𝔑) et (a 𝔗) la parole se vont (va 𝔗𝔑) bien acordant.

383] 167,11—13. 𝔏𝔗𝔐𝔑: Et Berarz se desbuche et cil qui o lui sont,

Tost furent a *cheval* (as *chevaus* 𝔗𝔐𝔑) qant percëuz les ont.

Berarz point le *cheval* (*destrier* 𝔄) et arguë et semont.

384] 175,9—10. 𝔏𝔗𝔐𝔑: Lor cuida (Dont quide 𝔗𝔐𝔑) *Baudoïns* (*li vassaus* 𝔄) par (que 𝔑) contraire le die:

Sire, dist *Baudoïns* (*li vassaz* 𝔑), je n'an ai pas anvïe.

385] 194,6—7. 𝔏𝔗𝔐𝔑: Sarrëement *chevauche* (-ent 𝔗𝔐𝔑) par mi .I. granz (plains 𝔄, les pré 𝔑, les plains et les 𝔗) agaus (igaus 𝔗𝔐𝔑),

Et Herupois (Hurep- 𝔗) *chevauchent* (*avalent* 𝔗𝔐, -lon 𝔑) par delez .I. (.II. 𝔗) tarraus (rochaus 𝔗, costaus 𝔄𝔑).

386] 225,12—14. 𝔏𝔗𝔐𝔑: Baudoïn, dist Berars, molt (trop 𝔗𝔑) vos voi costumier (correcier 𝔗)

De *moi* masaamer (mes- 𝔗, mesaesmer 𝔄, measer 𝔑) et de contralïer;

Bien (Ne 𝔗) savez desor *moi* (a [sor] autrui 𝔗𝔐) vostre ire refroidier.

In folgenden Zeilen, welche in nicht allzugrossem Abstande auf einander folgen, kehren gleiche Redewendungen wieder:

387] 19,7—20,13. 𝔏𝔗𝔐𝔑: 19,7. *Saisne vont par ces* (les 𝔗) *rües, faisant mout* (por faire 𝔗) *grant martire*: . . .

20,11. Li dux Miles se pasme, qui an la mort se mire.

12. (*Saisne vont par ces rües faisant mout grant martire* 𝔏),

13. Los noz (Saisne 𝔄𝔑) vont dechaçant (fierent a tas [aus 𝔑] 𝔗𝔄𝔑), nes ont cure (acre 𝔑) d'eslire (n'ont c. de l'e. 𝔗).

388] 124,1—7. 𝔏𝔗𝔄𝔑: 124,1. Et Baudoïns s'an torne vers *Rune* (*Ruine* 𝔑) la bruant (*corant* 𝔗𝔑), ...

124,7. Et il se fiert d' (il f. a 𝔗𝔄) eslais an *Rune la bruiant*.

389] 139,12—140,3. 𝔏𝔗𝔄𝔑: 139,12. Sire, dist li dus Naymes, costu avons perdu (cist nos a deceü 𝔗𝔄𝔑).

140,1. (Ja n'an [ne 𝔄] retornera, s'aura Saisnes veü [feru 𝔑]𝔏𝔄𝔑).

2. Berarz se fiert an (Ja se ferra en 𝔗𝔄) Rune, don parfont sont li ru (Il se feri an l'eve si armez com il fu 𝔑):

3. Ha, Dex! dist l'ampereres, Berart *avons perdu*!

390] 151,6—9. 𝔏𝔗𝔄𝔑: Li messagier s'an tornent (monterent 𝔑) par .I. lundi (juesdi 𝔗𝔄𝔑) matin,

L'ambleüre *chevauchent* (*-che* 𝔄) tot .I. (le 𝔑) ferré chemin,

Par desoz Saint-Lambert (S.-Herbert 𝔗𝔄𝔑) trespasserent le Rin,

(Par Ardene *chevauchent* ou croissent li sapin 𝔏𝔄𝔑).

391] 171,13—172,1. 𝔏𝔗𝔄𝔑: 171,13. As guez de Morestier fu li *estorz tenuz*.

172,1. Onques ne fu *estorz* si fierement *tenuz*. (Ainc mais ne fu tornoiz si richement feruz 𝔗).

392] 202,8—10. 𝔏𝔗𝔄𝔑: Chier (*Ainz* 𝔗) *lor vandra* ses homes (Saissoingne 𝔗𝔄𝔑), ainz que qite lor claint.

Bien demoinent (De maintenir 𝔗𝔄𝔑) l'estor n'afabloie, n'estaint (n'ataint 𝔗, ne fraint 𝔄, ne faint 𝔑);

(*Chier lor vandra* l'estor, sachiez pas ne s'an faint).

393] 203,4—7. 𝔏𝔗𝔄𝔑: 4. Saisne *s'an sont torné* (*se tornent tost* 𝔑), si guerpirent (-pissent 𝔗𝔄𝔑) l'estor;

5. Mais de lor baronïe laissent ou champ la flor.

6. Guiteclins lor (le 𝔄) tesmoigne (de Saissoingne 𝔗) q'il en ont (a 𝔗) le pejor.

7. Et Herupois (Hurep- 𝔗) *s'an tornent* (*chevauchent* 𝔗, *cornerent* 𝔄𝔑) por sosfraite (si rassamblent 𝔗, si assemblent 𝔑, s'assamblerent 𝔄) de jor (les lor 𝔗𝔄𝔑).

An folgenden Stellen lässt sich der gleiche Reim in zwei

direkt auf einander folgenden Versen mit Hilfe der drei anderen Hss., oder von LA, oder von L allein beseitigen:

394] 61,10—13. LTA (fehlen R): Sor l'ague de Maiance (Maissance TA), an la plaine *champaigne,*
Herberja de Herupe la nobile compaigne;
De tantes et de trez ont vestu la *champaigne (fu vestie la plaine* TA).
La poïst-on veoir vanteler la *champaigne (v. ondoier maint ansaigne* TA).

395] 62,8—10. LTA (fehlen R): Seignor, dist Salemons, or n'est droiz c'on (que TA) se faigne.
Qui bon consoil set dire, que (mais TA) as autres *l'ansaigne (l'apraingne* L).
Dit (Dist TA) Gacelins (Guill' L, Guillaumes A) de Droies (Dreues TA) qi bon consoil *ansaingne (cui hardemenz engraingne* TA).

396] 95,9—96,1. LTAR: Et roi et aumaçors (cor L, -tor R) vienent de totes pars:
Corsubles an (de TAR) Nubïe o .II. (et .I. L, et li A) rois *pincenars (-çonnars* AR),
Casorés (Cesaires L, Cass- A, Cas- R) de Poloine et ses freres *Pinars* (frere *Eschimars* L, f. *Achimars* A, f. *Eschinars* R).

397] 175,10—11. LTAR: Sire, dist Baudoïns, *je n'an ai pas anvie (point d'envie* A);
Si destrier soient suen (sien L), *je n'an ai pas anvie (n'i quier avoir partie* TAR).

398] 192,3—4. LTA (fehlen R): Puis lieve sa main destre s'a l'aive *benete (si les saigne et bente* A),
Conjurée de Deu (Après a molt bien l'aigue A), sacrée et *benete (prinsaignte* TA).

An folgenden Stellen handelt es sich um gleiche Reimwörter, welche durch Verse von einander getrennt sind:

399] 32,7—9. LTAR: Mès sache tant (M. t. s. L, M. bien s. AR) li rois (de France TAR), nostre empereres *drois (rois* T),
De (Ja A, Que R) l'antrer (d'entrer AR) an Soissoigne n'iert par nos pris conrois;
S'il ne met a (en TA) Herupe no costume et noz *drois (lois* TA).

Vgl. 413].

400] 34,8—11. LTAR: 34,8. Laissiez ester vostre ire (trëu A, qi vient
de mauvais art (male part TAR) . . . ,
34,11. Ou il l'an amaint pris anchaïné part art (en chaainne ou
en hart TAR).

401] 55,14—16. LTA (fehlen R); Bien sai qu'ainz de Karlon ne vint
la felonie (ne mut tel vilonie T);
Mès plusor losangier qi de nos ont anvie
Li ont par traïson dite la felonie (la folor enroie TA).

402] 69,3—6. LTAR: 69,3. Baut et lié et joiant partent d'Aiz la
Chapele; . . .
69,9. Au tref Huon do Moine, devant, an la Chapele (le Mainne
tres en mi la praële TA).

403] 83,6, 7, 10,11. LTAR: 83,6. (Karles, dedanz son tref sist en (sor R)
.I. chaiere LR)
83,7. (Tote de blanc yvoire, d'uevre subtile et chiere LAR);
10. Ez-vos le duc Tierri et la duchesse chiere (fiere TAR),
11. Lor fil Berart (B. l. f. TR) amainent a la hardïe (qui a
rient la T, q. riant ot [a] la AR) chiere.

404] 88,9—89,1. LTAR: 9. Atant ez-vos les dames, chascune vint
(fié T) plorant (ch. lermoiant A, qui s'en issent a tant R);
10. Roïnes et contesses (duchoises A) de riches fiez tenant,
11. Chascune a son seignor va tanrement plorant (vait douce-
ment priant R)
12. (Qu'o lui la laist aler; mais ce fu por (par R) neant LAR).
89,1. (Li .I. acole l'autre doucement an plorant LR).

405] 122,6—11. LTAR: 122,6. Antor que Baudoïns ot conqis l'au-
ferrant . . . ,
122,11. Lors broche Baudoïns le destrier auferrant (L. b. li nies
Karle le vair [noir R] destrier mouvant AR).

406] 153,12—154,3. LTAR: 153,12. Que (Et R) molt en iert sa (la R)
gent plus hardïe et plus fiere . . . .;
153,13. Puis passerons a Rune la parfonde riviere
154,1. (Pur commencier au tref Guiteclin la poudriere LAR).

154,2. Qant (Com R) josterons as Saisne (-es T, ansamble R),
verront nostre baniere (bien lor sera aviere TR);

154,3. Ainz (Q'ainc TA) ne troverent (n'acointierent A) gent au
bien faire si *fiere* (au ferir si *maniere* TA, au ferir si *cruiere* R).

407] 170,8—10. LTAR: L'anpereres de Rome sor la roche (rive T) *est venuz*
Savoir dou roi Lohot com il s'ert contenuz.

Iluec gaitoient Saisne (Il agaitoit les Saisnes T); mes nus n'i *est
venuz* (m. il n'en i vint *nus* TAR).

408] 190,1—3. LTAR: Salemonz de Bretaigne que pansa ne [dist] *mie*
S. d. B. pansa plus que ne *die* TAR);

Mais ne (no R) vot esmaier sa (la A) riche baronie (com-
panie R):

Seignor baron, dist (fait T) il, ice ne cuit-je *mie*.

409] 222,11.—13. LTAR: Andui lor cuer (il R) esprenent d'une (de T)
commune *amor* (chalor TA, audor R).

Sebile li escrie a (en TAR) la langue (langage TA) francor:
Vassax, bien estes dignes d'avoir (de ioïr TA, de joie R) nobile
(tele T, haute AR) *amor*.

Wo die Wiederholung von LTA gestützt ist, wird sie
natürlich beizubehalten sein, auch wenn R sie beseitigt:

410] 94,5. LTAR: Qant Karles *va* (Q. va K. T) en ost, n'i *va* (nou *fait*
R) si povremant.

411] 112,2—4. LTAR: Dame, dist Helissanz, vez là biau *chevalier*.
Voire, dist la roïne, bien vos (le A) puis fiancier (b. p. afiancier R),
Que onque mais ne vi (C'onques m. ne vi home TR) si tres biau
chevalier (chevauchier R).

Hier wird der Dichter die Ausdrucksweise der Helissant
wohl absichtlich der Königin in den Mund gelegt haben.

412] 226,7—9. LTAR: 7. (Perdu vos *cuide* avoir sanz [saint R] autre
[point de AR] recovrier LAR).

7a. (Ne vous voit mais la outre passer [m. p. outre] ne chevauchier AR).

8. Seüre (Segure T) *cuidoit* estre de sovant donoier,

9. An vos *cuide* s'amor (Or *quide* [*panse* R] en vos sa paine TAR)
malemant amploier.

Verschiedene Male sind die Verse in der Hs. 𝔏 in falscher Reihenfolge überliefert. Die drei anderen Hss., am meisten 𝔗, haben in solchen Fällen die richtige Reihenfolge der Verse bewahrt. So lese man statt:

413] 32,7. 𝔏: Mès sache tant li rois, nostre ampereres drois,
De l'antrer an Soissoigne n'iert par nos pris conrois;
S'il ne met a Herupe no costume et noz drois,
Noz forces, noz aïes li metons an defois

mit 𝔗𝔐𝔑 32,9 vor 10 und ersetze überdies *drois* mit 𝔗𝔘 durch *lois*.

414] 41,15. 𝔏: Karles n'a pas Herupe grevée ne sorprise:
Or vos a don chevage la costume requise,
Chascuns .IV. deniers, n'i a autre franchise:
Vëez-an ci la chartre, commandez-la a lire.

41,18. 𝔗𝔐: Vëez en ci la chartre commande (-és 𝔑) c'on la lise.

Diese Zeile geht 𝔗 41,17 voraus, was besser erscheint, da 41,17 den Inhalt der *chartre* andeutet. Die Lesart 𝔗𝔘 bietet den reinen Reim statt der Assonanz in 𝔏.

Tirade XLVIII. 79,1—5. 𝔏𝔗𝔐𝔑:

415] Qant l'amande fu faite et pais ferme sanz faille (f. certaine 𝔑, f. et estaine 𝔐, et la p. anterine 𝔗),
Grant joie en a li rois et li conte sanz faille (en ont li duc, li conte et li chataingne 𝔗, en ont li conte, li prince et li chataine 𝔐, en ont ëu li duc et li chadoine 𝔑);
Tuit afient (afichent 𝔗, s'afichent 𝔐, s'afient 𝔑) et ferment (jurent 𝔗𝔐𝔑) a aidier (de servir 𝔐𝔑) le roi Karle (Charlemaigne 𝔗𝔐𝔑).
Congié prent l'apostoiles, maintenant s'an repaire (quant [com 𝔑] la pais fu certaine [estraine 𝔑] 𝔗𝔐𝔑),
Erriere (Arriere 𝔗𝔐𝔑) s'an reva, que il plus n'i atarde (s'en retorne [repaire 𝔑] en sa terre romaine 𝔗𝔐𝔑).

Tirade XLIX. 79,6—80,5 𝔏𝔗𝔐𝔑:

Herupois se departont (Et Herupois s'empartent 𝔗𝔐𝔑) en icele semaine,

79,7. De (En 𝔄) II. anz (Dedanz an ℜ) et demi ne passerent par
(puis 𝔄ℜ, passeront mais 𝔗) Saine
80,1. Ne ne reviront Karle (virent Karlon 𝔗𝔄, v. Kl'm ℜ), s'ot ëu mainte
paine·
Par le gré de Karlon (g. Kl'm ℜ), lor droit (bon ℜ, le lor 𝔄)
seignor demaine,
Salemonz de Bretaigne ses homes (barons ℜ) an remaine,
Richarz de Normandie et (li 𝔗) cuens Hües do (de ℜ) Maine,
L'anfes Hauberz (Aubris 𝔗, Aubers 𝔄, Haubert ℜ) d'Estampes et
Ligiers (la genz 𝔗, li quens 𝔄) de Toraine.

Mit Recht ziehen 𝔗𝔄ℜ Tirade XLVIII und Tirade XLIX zusammen und stellen 𝔗ℜ 79,7 und 80,1 hinter 80,5 (𝔄 hinter 80,4 „dont le dernier hémistiche termine le vers 80,5" wie Michel bemerkt.) Die +Zeile 𝔗 nach 79,5: *Chascuns mande ses homes en sa terre lointainne* wird einzufügen sein.

416] 141,16—142,3. ℒ: Guiteclins ot la noise des François et le son,
De la tante est issuz, n'i fist arestison;
Il escrie ses homes: „Or, as armes, baron!
Je voi (Et voit 𝔗𝔄ℜ) François passer a gué et a noton."

In 𝔗𝔄ℜ sind mit Recht die Verse 142,2 und 142,3 mit einander vertauscht und gehört 142,3 also nicht zu Guiteclin's Rede, sondern bildet das letzte Glied des Berichtes.

417] 146,5—8. ℒ: Dame, dist la pucele, bien sai de verité
Que il a non Berart, s'il n'a son non mué.
Hui cest jor, ce m'est vis, l'a Karles adobé;
Fiz est (fu 𝔗) Tierri d'Ardane le chenu, le (le viez ch. ℜ) barbé
(le gentil avoé 𝔗).

In 𝔗𝔄ℜ steht Vers 146,8 mit Recht vor Vers 146,7.

418] 153,1—3. ℒ𝔗𝔄ℜ: Joiant sont li message et (qui 𝔗) tel (li m.,
cele ℜ) parole ont chiere.
Li baron de Herupe lor font molt bele (lié 𝔄) chiere;
Atant prenent congié de (por 𝔗, dou ℜ) retorner (repairier ℜ) erriere.

𝔗 stellt 153,2 und 153,3 um. Diese Stellung vermeidet den Subjektswechsel in 153,3 und ist darum vorzuziehen.

419] 191,13—15. L: L'arcevesques de Sanz (Dieu A, Rains R) les se-
  mont (sermone TA) et chastïe.
  Chascuns dit son pechié (ses pechiez TA), et guerpist sa (la A)
  folïe (qui ne les çoile mïe T);
  Tuit se randent confès, si (et A) amendent lor vie.

In TAR sind die beiden letzten Verse umgestellt.

206,1—7 L sind in TAR wie folgt umgestellt: 1, 5, 4, drei Pluszeilen, 2, 6, 3, 7. 206,8. L fehlt TAR. Es ergiebt sich also folgender Text:

420] 1. Prise avomes la terre (place AR) qi donée nos fu,
  5. Ça (La L) outre fussent or no pavillon tendu;
  4. Mais (Qar L) n'i avons ancor tant de loisir ëu.
   [Hui main passames Rune a force et a vertu (dont parfont sont
    li ru R, sic fere A),
   Puis somes toute jor as Saisnes combatu (= A, P. s. combatu
    as Sesnes malostru R);
   Molt i a d'ambes pars gaaingnié (et g. R) et perdu TAR].
  2. Tex .c. en i laissomes qui molt sont chier vendu:
  6. Jusqu'a la nuit oscuro avons l'estor tenu;
  3. Si q'ankor (Ancor L, Seignor R) n'i avons (a. nos L, a. mïe R)
    ne mangié, ne bëu,
  7. Ne chauce deslacïe (deschaucie LA), ne hauberc desvestu
  8. (N'i avomes ancor, per Dé, le roi Ihesu L).

421] 126,13,14—127,1. LTAR: .I. destrier li donai si blanc com .I.
   hermine (c. flor d'espine T. Diese Zeile fehlt R).
  Dont (Qar L) Adanz d'Alenïe chaï barbe (pance R) sovine.
  Cil a (ot R) de nostre (vostre A) guerre la premeraine (-miere R)
    estrine.

Hier wird T, welches die zwei letzten Zeilen umstellt, nicht die ursprüngliche Reihenfolge bieten.

422] In einigen weiteren Fällen bieten TL die gleiche und ursprüngliche Versstellung, während AR, oder A, oder R die Reihenfolge geändert haben.

423] Für 𝔄𝔑 trifft das zu 113,2. 117,3,4. 203,1. 203,1 und 2 fehlen 𝔗.

424] 𝔄 allein hat die ursprüngliche Reihenfolge der Verse abgeändert 61,8. 63,2. 83,8. (cf. Note zu 83,8) 94,9,10. 116,5. 122,4. 140,2. 152,2. 168,13. 215,10.

425] In 𝔑 allein hat eine Änderung der Reihenfolge der Verse stattgefunden 71,16. (cf. Note zu 71,12). 82,7. 98,7. 118,7. (cf. Note zu 118,4.) 205,2.

In 𝔗𝔄𝔑 stehen einige Verse, welche in 𝔏 fehlen. Manche von ihnen müssen ohne allen Zweifel dem Texte einverleibt werden, bei anderen ist die Aufnahme zwar nicht unbedingt geboten, es steht ihr aber auch nichts im Wege. Sie werden also alle dem ursprünglichen Gedichte ebenfalls angehört haben:

426] 8,9—12. 𝔏𝔗𝔄𝔑: 9. Li Saisne s'an tornerent, n'i ot que correcier;
10. Mes toz lor sairemanz fauserent (mentirent 𝔗) de legier,
11. Qar onques (Ainz por ce 𝔑) ne (n'en 𝔗) laisserent (-ierent 𝔗)
nos Frans a laidangier.
[François s'en retornerent (repairierent 𝔄) baut et ioiant et
lié (fier) 𝔗𝔄],
12. Anseÿs coronerent a Saint-Denis mostier.

427] 16,3. 𝔏𝔗𝔄𝔑: Puis ont par Alemaigne (le païs 𝔑) large voie acu illie
[A destre et a senestre ont la terre assaillie (essillié) 𝔗𝔑]
Deci a Saint-Lambert (D. q'a Saint-Herbert 𝔗𝔄𝔑) ne s'est l'ost
destrie (ont lor voie acoillie 𝔗, la grant ost ne detrie 𝔑,
sic fere 𝔄).

428] 22,14—23,3. 𝔏𝔗𝔄𝔑: Quant ot fait de Coloigne son bon et son talant
Il (Puis 𝔄) departi ses oz, s'an (si 𝔄𝔑) ranvoie (-oia 𝔗) sa gent:
Chascuns va an sa terre et an son chasement.
[Guiteclins a Tremoingne ou Sebile l'atant 𝔗𝔄𝔑]
Ancor ne savoit Karles dou domage neant.

429] 25,2—3. 𝔏𝔗𝔄𝔑: Le regne d'Alemaigne (Km 𝔗) vos (nos 𝔗) ont
(a 𝔄𝔑) mis a charbon (randon 𝔗),

Et Coloigne destruite, et mort le duc Milon (et les murs [le reigne R]
environ LTMR),
[Le palais depecié (pechoié A) et mort le duc Milon LTMR].

430] 26,8. LTMR: Alemaigne ont destrute (A. d. R) et toz (ont T)
les chastiax frais (et le pais am pais R, diese Zeile fehlt A).
[Et Couloingne saisie (destruite A, brisée R) dont granz est (est
granz R) li forfaiz LTMR].

431] 28,6. LTMR: Alemaigne ont destrute, le grant pais (palais R) plenier;
[Et Couloingne toute arse, n'i a remeis clochier LMR].

432] 33,3—5. LTMR: L'apostoile de Rome en (len LMR) apela ançois:
Or ne t'esmaier mie (Charles ne t'esmaiier MR), ampereres cortois;
[Dex te consillera cui tu aimes et croiz TA]
Toz jorz te conduira ta creance et tes drois (ta foiz LMR).

433] 34,3—4. LTMR: Qant il (Puis q'il R) ont an bataille fichié lor
estandart,
Ne se maintienent mie a (en T) guise de coart,
[Ainz fauchent et abatent com vilains en essart LMR];
Et puis que (quant MR) il s'an (se R) tornent (departent MR), ja
nes (nus LMR) ne s'an (se R) regart.

434] 38,5—6. LTA (fehlen R): Si ferez, dist li rois, se Deu plaist, lïe-
mant (plaist liemant T):
Vos porterez ma chartre ou li seax d'or pant.
[Faites bien le message que n'en celez noient T].

435] 42,1—2. LTA (fehlen R): Cuens Hües (Li quens T) l'a regardé,
(-dee T), mès il ne l'a pas prise;
[Au dit do messagier s'esprant toz et atise T]
D'ire et de mautalant roigit (rougist T) comme cerise (m. esprent
tous et atise A).

436] 46,6—7. LTA (fehlen R): Ja Herupe la gente (granz T), bien me
vient an corage,
Ne perdra ja an (androit TA) moi rien de son avantage.
[Bien a crëu li rois conseil de son damage,
A prandre li covient vïe d'ome salvage,
A gesir li covient (Et g. mainte nuit) au vent et a l'orage,
Maint destroit ancontrer et maint autre passage,
Ainz qu'il nos toille rien de no droit eritage TA].

437] 49,15—16. 𝔏𝔗𝔄 (fehlen 𝔑): Et gardez des messages q'ici (qici *ed.*)
sont anbatu,
Qui bon chevalier sont, prodome et (et p. 𝔗) eslëu,
[Et sanz lor grei i vindrent c'onques (onques) bel ne lor fu 𝔗𝔄].

438] 50,10—13. 𝔏𝔗𝔄 (fehlen 𝔑): Baron, r'alez-vous-an, n'aiez de nos regart;
Mès ne salüez mie Karle (Karlon 𝔗) de nostre part,
Ançois le pöez dire que de nos bien (q. desormais 𝔗𝔄) se gart;
(Qar plus a d'anemis que lievres en essart 𝔏).
[Li trënz de Herupe li iert tremis a tart
Ainz me lairoie pendre menois a une hart 𝔗𝔄].

439] 59,17—60,2. 𝔏𝔗𝔄 (fehlen 𝔑): Salemonz de Bretaigne fist ses genz
aroter.
Qui donc veïst (oïst 𝔗𝔄) buisines et ces fiers corz (et moiniaus
𝔗, et moieniaus 𝔄) soner,
Tel tabois (tabor 𝔗𝔄) et tel noise i ot au destraver (-ers 𝔏),
[Il (Ce) samble que ciex fonde et ars (airs) doie müer 𝔗𝔄]
Anviron ax faisoient tote terre croler (trambler 𝔗𝔄).

440] 64,12. 𝔏𝔗𝔄 (fehlen 𝔑): L'ampereor troverent an son palais marbrin.
[Sor (Desor) .I. faudestue siet antaillié (faud. ent-) a or fin;
Sa main a sa maisselle tenoit le chief enclin 𝔗𝔄].

Vgl. 69,9. Ähnliche Wendungen wie 64,12a finden sich
69,10. 177,8.

441] 66,1—2. 𝔏𝔗𝔄 (fehlen 𝔑): Sainne ont passée et Marne, ou ont fait
misgnt (ou ont mis grant 𝔗𝔄) atante.
[Soz (Sor) Maissance herberge mainte bele jovante 𝔗𝔄].
Maint tref i a (ont 𝔗𝔄) tandu et mainte riche tante.

442] 78,1—4. 𝔏𝔗𝔄𝔑: Par le consoil qu'a doné (que done 𝔗𝔄𝔑) dus
Naymes li floris
Tuit nuz piez et an langes as plains chans se sont (se s. as pl.
ch. 𝔗) mis,
Karles et li dus Naymes et li Denois (l'Ardenois 𝔗𝔄𝔑) Tierris,
Ansamble l'espostole (l'apostoile 𝔗) qui se fu revestis;
[Chardenaus i ot .XII. (Et ch. i ot 𝔑) et arcevesques .X.,
Evesques et abez et noirs moinnes et gris,
Et portent filatieres, cor-sainz et crucefiz;

Simplemant s'arrouterent (se maintiennent 𝔄ℜ), n'i ot ne giu (n'i ont gabé ℜ) ne ris 𝔗𝔄ℜ].

443] Vgl. 72,6. Et soient avec (avoi ℜ) nos li abé et li moine.

444] 87,4—6. 𝔏𝔗𝔄ℜ: An cel (Enz el 𝔗𝔄) borc Saint-Lambert (S.-Herbert 𝔗𝔄ℜ), la dedanz Saint-Denis (d. cel porpris 𝔗𝔄ℜ), Remenront les (ces 𝔗) contesses o les cors soignoris (puceles et les dames de pris 𝔗𝔄ℜ),

[Roïnes et contesses o les cors signoriz 𝔗];

Car soffrir ne porroient (porront 𝔗) l'errer (l'estor ℜ) ne les durs lis.

a. [Les qex et les sergenz auront a lor deliz (devis 𝔄ℜ),
b. Qui lor trairont les bainz et serviront toz dis.
c. Sire, font li baron, tout a vostre devis.
d. Le miex en cuident (Le miauz cuiderent ℜ) faire, mais il en font (et il firent ℜ) le pis;
e. Car tost auront (orent 𝔄ℜ) les dames oubliez lor mariz,
f. As quex et as sergenz faisoient (et es garçons menerent) lor deliz (fehlt 𝔄);
g. Ainc (Ainz ℜ) n'en i ot que une dont ne (qui n'en ℜ) fust (n'issist 𝔄) malvais (vilains 𝔄ℜ) criz:
h. Ce fu Rissanz de Frise, fame Lohot le Fris 𝔗𝔄ℜ].

445] 89,12—90,1. 𝔏𝔗𝔄ℜ: Sarrēement (Et tuit serré ℜ) chevauchent contre soloil lusant.

La rote des forriers (François 𝔗) par la terre s'espant (t. espant ℜ).
[La regne de Saissonne vont a (par ℜ) force essillant (assaliant ℜ)𝔗𝔄ℜ],
Le jor i ont perdu maint villain (vaillant 𝔗) païsant (pesant ℜ).
[Tant errent et chevauchent as esperon (esperonz 𝔄ℜ) brochant 𝔗𝔄ℜ].

Vgl. 67,18. 122,7. 198,2

446] 95,7—8. 𝔏𝔗𝔄ℜ: Crüex (Iriez 𝔄ℜ) fu Guiteclins et fiers comme liepars, De .XL. (.L. 𝔗) roiaumes ert (fu 𝔗) bailliz et regars (fehlt ℜ); [Par tout a ses messages anvoiez et espars 𝔗𝔄ℜ] Et roi et aumaçors (-tor ℜ) vienent de totes pars.

447] 96,2—4. 𝔏𝔗𝔄ℜ: Et li rois Bruscostez (Bruncosté 𝔗, Bruncostez 𝔄ℜ) do regne (de l'isle 𝔗) as Ascopars (Ac- 𝔗ℜ, Ach- 𝔄),

3. Cil ot an sa compaigne .III. rois, et il fu qars.
[De la gent (grant 𝔄) Danemarche i vint li rois Aufars (D. vient li r. Auferaz ℜ)𝔗𝔄ℜ],
[Cil aporterent (i aportent ℜ) guires et haches (haiches 𝔄ℜ) et faussars (et cuignïes et dars 𝔄, et espées et dars 𝔄)𝔗𝔄ℜ]
4. Et escuz et roëles, espiez, lances (r. et espées 𝔗) et dars (r. espées et faussars 𝔄).

In 𝔄 steht 96,3a vor 96,3. *Aufarz* 96,3a wird später 97,6. 104,12. 144,3. erwähnt.

448] 97,6—98,1 𝔏𝔗𝔄ℜ: Et descendent au tré roi Aufart le Danois.
La vinrent acesmé antor lui (v. a. l. conraé 𝔗𝔄) a lor lois
Li roi et li soudant por aqiter lor fois,
Servise lor (li 𝔗ℜ) presantent de lor bons aciers frois (p. lues que porront ançois 𝔗, p. a molt riche hernois ℜ, sic fere 𝔄).
[Baron, dist Guit., trop (molt 𝔄, toz ℜ) en ere destroiz 𝔗𝔄ℜ].
Antrez est an ma terre Karles o ses François (Karlemaines li rois 𝔗𝔄).

449] 99,1—2. 𝔏𝔗𝔄ℜ: Grant joie ot Guitoclins, qant sa gent fu (voit 𝔄, q. voit sa gent 𝔗) venüe,
Belement les conjot et mercïe (conrot et chastïe ℜ) et salüe;
[Car bien doit losangier qui mestier a d'aiue 𝔗𝔄].

Vgl. die mit 99,2 u. 2a fast wörtlich gleichen Zeilen 14,10 f.

450] 102,10—103,2. 𝔏𝔗𝔄ℜ: Sebile les esgarde (reg- 𝔗) qi tel gé (giu 𝔄) ot (qui ot le jeu ℜ) molt (qui Guit. ot 𝔗) chier,
11. Helissant en apele (H. apela 𝔗) por a li (si prist a 𝔗𝔄) consoillier.
[Lors commancent ensamble lor sens a desploier:
Helissont, dist Sebile, or me doiz consillier (ensaignier) 𝔗𝔄].
12. Li quex est nies Karle (e. nies Karlon) don tan (nos) parlames (parlions 𝔗) ier?
103,1. Trop par (por ℜ) mi (me 𝔄ℜ) sëus or belement losangier (fehlt 𝔗),
2. Que de ce granz (Com cil de qu'ainz ℜ, Quant de ce k'ainc 𝔄) ne vi m'as mis (mise 𝔄) en desirier (fehlt 𝔗).

102,11b steht 𝔗 nach 102,12 und statt 103,1—2.

451] 139,1—3. LTAR: Il ot le pié vairet (coupé TA, les piez coupez R)
et le front bien (le ferlon T, le feslon A, les seillon R)
pelu (barbu LTAR)
Et la cuisse reonde et le braon nervu,
Si ot (Et s'ot A) large la crope et le piz ancrëu,
[Overte la narine (Ouvertes les narries R), oeil ardant comme (et
l'ueil a. com A) fu LTAR].

Vgl. Rol. 1651—1657.

452] 139,9—11. LTAR: „Ampereres (-re T) de Rome (France T),
beneoiz soies tu!
10. Bien as Tierri mon pere son (bon R) covenant tenu."
10a. [Puis broche le cheval n'i a lonc plait öu (n'i a plus
atendu R) LTAR],
11. Droit vers l'aigue de Rune a son eslais tenu.

453] 146,1—2. LTAR: Cel (Le AR) jor orent les dames molt de lor
volanté.
[Bien furent li François de bon (fin R) cuer esgardé (reg- R) LTAR],
Molt en ont Helissan[t] anqis et demandé.

454] 173,3—7a. LTAR: 3. Berart, dist l'ampereres, vos fustes ancontrez:
4. Bien voi que cil escuz est de novès fröez (novel tröez LTAR):
5. Antre les .IV. clos fu molt bien (fustes droit TA) assenez
(encontrés R).
6. Sire, ce dist Berarz, vangiez m'en (v. en A) sui (me fu R)
assez,
7. Se li rois Guiteclins ne me fust echapez.
7a. [D'un espié (-er A) me feri, c'est fine veritez (Sa lance
me brisa sor an .II. les costez R) LTAR].

Wegen R 173,7a vgl. 173,2:
455] Ambedui s'antr' acolent par andeus les costez.
456] 180,4—5. LTAR: Puis prent (prist TA) le sor baucent, met
(mist TA) la resne a (en LTAR) son bras.
[Vers Rune s'en repaire tot soavèt le pas TA].
Qant le voit Guiteclins, s'an fu hontox et mas (si tint le chief
em bas T).
457] 181,1—2. LTAR: La ot (Dont fu LTAR) antre les Saisnes mer-
voillox (molt grans li A) desconforz;

[Escorfaus de Lutise en a ses poinz detors,
Sororée la bele va pasmer sor le cors 𝔏𝔐].
Helissanz et Sebile se faignent (font samblant 𝔏𝔐, vont parlent ℜ)
par defors.

Wegen *Sororée* s. 179,3. 180,3.

458] 189,1—2. 𝔏𝔏𝔐ℜ: Au tré Huon le (dou ℜ) Moine (Mainne 𝔏ℜ)
descendent en l'erboi.
Ez-vos le duc Richart et le conte Ammaufroi (et le duc Eranfroi
𝔏, et le du Herquenfroi ℜ, et le viel Erenfroi 𝔐)
[Salemon de Bretaigne et l'Angevin Jofroi 𝔏𝔐].

Vgl. 189,8.

459] 196,9—11. 𝔏𝔏𝔐ℜ: Richarz de Normandie va ferir Murgalant,
Q'il li perce l'escu et l'auberc jazerant (desment 𝔏);
Par mi le cors li guie son espié an botant (son roit espié tranchant ℜ, outre la crupe dou destrier le respant 𝔏, fehlt 𝔐),
[Que mort l'a cravanté (Que mort le crevanta ℜ) a la terre sanglant (dou destrier auferrant 𝔐𝔏) 𝔏𝔐ℜ].

460] 205,4—6. 𝔏𝔏𝔐ℜ: Herupois (Hurepois 𝔏) les esgardent, grant joie
en ont ëu;
Par (Por 𝔏𝔐) ce q'il nes (les 𝔏𝔐) connoissent, nes ont reconëu
(mais n. o. connëu 𝔏𝔐ℜ).
Dus Naymes les (lor 𝔏𝔐ℜ) escrie par molt fiere (ruiste 𝔐,
riche ℜ) vertu:
[Li qex est Guit. (Guithechins 𝔐)? Bien doit estre sëu 𝔏𝔐ℜ].

461] 207,13—208,2. 𝔏𝔏𝔐ℜ: Et Herupois (Hurepeis 𝔏) font tandre paveillons et brehans.
Li baron descendirent des destriers auferrans.
[Et traient fors les armes; car do (que de ℜ) souper fu tans 𝔏𝔐ℜ].
[Au mangier font antendre les quex et les serjanz (Des cuiers et
serjanz ℜ) 𝔏𝔐ℜ];
Au mangier est assis (Riches presanz 𝔏, riche present 𝔐ℜ) lor
fait 𝔏𝔐ℜ) nostre ampereres francs.

208,3—6 fehlen 𝔏 (208,4—5 auch 𝔐ℜ) und sind zu streichen.

462] 208,7. 𝔗𝔘𝔑: Et Herupois s'asïent (Hurepois s'asisierent 𝔗𝔘), n'i
ot seles ne bans (an [a 𝔘𝔑] loi de combatanz [-ant 𝔑]𝔗𝔘𝔑),
[Les toailles sor l'erbe; ni ot tables ne bans 𝔗𝔘𝔑].

463] 227,10. 𝔏𝔗𝔘𝔑: Ensi fait (Ansinc fist 𝔗) l'ampereres les paroles (rampones 𝔗𝔘𝔑) laissier.
[Au tref (tres 𝔘𝔑) Berart descent qui sist soz (lez 𝔘𝔑) .I. (le 𝔑) rochier 𝔗𝔘𝔑].

464] 229,12—230,4. 𝔏𝔗𝔘𝔑: Par mi (Dedens 𝔗𝔘) Rune se fiert ou (el 𝔗) plus parfont ravois (Droit vers R. s'eslaisse, si se mist ou gravoi 𝔑).
229,13. Amors et hardemanz et ire, antre ces .III.
230,1. Li enortent a faire molt perillos (meruillos 𝔗) dofois (derroiz 𝔗, desrois 𝔘, conrois 𝔑);
[Mais il ne savoit mie le mervillos anois 𝔗],
230,2. Qar (Que 𝔗) Saisne eschargaitoient sor Rune a cele fois.
250,2a. [Por la mort roi Aufart (Et de la mort Aufarz 𝔑) erent en grant effrois 𝔗𝔑];
230,3. Iuré ot (a 𝔗) Guitecline ses ydres et ses lois
Que plus (mais 𝔗𝔘) n'estront (n'ierent 𝔗𝔘𝔑) les dames sanz garde (garder 𝔑) nule foiz.

465] 233,6—8. 𝔏𝔗𝔘𝔑: Le cheval vit (voit 𝔗𝔘) covert, col et cors (chief et col 𝔗𝔑) et crepon;
Sor celui est montez, si a guerpi le son (g. vairon 𝔗𝔑).
[Dedenz Rune l'embat n'en est (l'enchauce, n'en fu 𝔑, sic fere 𝔘) en soupeçon 𝔗𝔘𝔑];
[Vers le trés la roïne l'anchauce a bandon 𝔘𝔑].
233,8. Tot (Mais 𝔑) contreval la rive, par delez .I. roion (coron 𝔗𝔑),

466] 243,7—9. 𝔏𝔗𝔘𝔑: Partot (Par l'ost 𝔗) va la novele, s'est li duels anforciez,
Que morz est Baudoïns, ocis et detranchiez:*
[„Or tost" dist l'ampereres, „gardez qu'il soit vengiez" 𝔗]!
243,9. François corent as armes, ez-les aparoilliez.

* Michel bemerkt: A partir de ce vers, le ms. du roi (𝔑) ne correspond plus aux deux autres (𝔏𝔘).

467] 125,6—8. 𝔏𝔗𝔘𝔑: L'ampereres de Rome (France 𝔗𝔑) lez la rive (lonc la rivere 𝔑) chemine,

De son deduit repaire o sa gent anterine;
[De loinz vit (voit) son neveu, mais ne sot (set) son con-
vine 𝔏𝔘ℜ].

125,8. Qant (Com ℜ) François l'ont vëu, chascuns a pris a dire
[i adevine 𝔏𝔘ℜ].

Einige Verse, welche in 𝔏𝔘ℜ, 𝔏𝔘 oder 𝔏 fehlen, sind auch dem Dichter abzusprechen.

468] 5,10—6,1. 𝔏𝔏𝔘ℜ: Quant orent (d. h.: li oir) leur aage, san (senz 𝔏)
et discrecion,
De France chalongerent la terre et le roion,
Por ce que par (por ℜ) lor mere an sorent l'achoison (i s.
oquison 𝔏);
Mes François lors (lor 𝔏) veerent (F. orgueillous 𝔘), cui ne fu
mie bon;
(Mainte bataille an firent et mainte ocision (ausion ℜ) 𝔏𝔘ℜ),
Et si (Ensi 𝔏𝔘ℜ) murent ansamble meslée (orguel 𝔘) et contan-
çon (m. entr'aus et bataille et tençon 𝔏)
Don la guerre dura tante (Qui puis ne fu finee entrant [en tante]
𝔘ℜ) mainte (d. mainte longue 𝔏) saison.

469] 11,1—3. 𝔏𝔏𝔘ℜ: As (Es 𝔏) prez delez (dessoz 𝔏𝔘) Tremoigne
fu molt granz li (fu riches li 𝔘, fu li r. 𝔏) bobanz,
Ou il orent tanduz (tendu 𝔏, fait tendre 𝔘ℜ) pavillons et bre-
hanz (berhanz 𝔏)
(Et riches tréz (dras ℜ) de soie a girons et a panz 𝔏𝔘ℜ).

In Vers 11,2 u. 3 folgen dicht hintereinander drei synonyme Begriffe, und zwar so, dass in 11,3 noch einmal wiederholt ist, was schon 11,2 gesagt worden. An anderen Stellen, wo vom Aufschlagen von Zelten die Rede ist, reicht ein Vers aus. Vgl. 16,9. 61,12. 83,4. 97,1. 101,2. 108,3 und besonders 207,13.

470] 23,11—24,4. 𝔏𝔏𝔘ℜ: L'apostole s'apreste por (de 𝔏) la messe chanter.
Se l'offrande fu riche, ne fait a demander.

Quant ot fait le servise (Qu. fu f. li services 𝔄, Q. la
messe fu dite 𝔗) si sont alé laver;
(Ne me vueil autrement (entremetre 𝔄) de leur mez de-
viser 𝔏𝔄).
(Qant il orent mengié, ses an covint (m. et c. vint au 𝔄)
lever 𝔏𝔄ℜ).

24,4. Atant ez .I. message qui molt sot bien (qui b. savoit 𝔗)
parler.

471] 24,7—10. 𝔏𝔗𝔄ℜ: Li messages iriez descendi au perron,
8. Toz les degrez de mabre est (s'em 𝔗, en 𝔄) montez (monta
𝔗𝔄; de m. monta sus ℜ) ou donjon (contremont 𝔄);
9. L'apostole salüe de deu et de son non (et puis le roi Kar-
lon 𝔗𝔄ℜ);
(L'ampereres le baise, quel virent li baron 𝔏𝔄ℜ).

Der Kaiser küsst wohl ihm gleichstehende (vgl. 127,10.
135,7. 207,8.), aber nie einen Boten.

472] 81,10—13. 𝔏𝔗𝔄ℜ: Venuz est a Coloigne Karles li fiz Pepin;
Les oz (Et l'ost ℜ) se sont logïes aval, desor (dessoz 𝔗𝔄, selonc
ℜ) le Rin.
Karles ne torna pas a Saint-Pol le martir (en som palais mar-
brin 𝔗𝔄ℜ),
(N'an son palais plenier, qi fu de marbre bis 𝔏).

473] 83,3—8. 𝔏𝔗𝔄ℜ: 3. Sor Saint-Herbert dou Rin, a (en 𝔗𝔄, est ℜ)
la maistre (marche 𝔄) frontiere,
4. Fist Karles son tref tandre et fichier sa baniere,
5. (Li roi et li baron contreval la riviere 𝔏𝔄ℜ).
6. (Karles dedanz son tref sist en [sor ℜ] .I. chaiere 𝔏ℜ)
7. — Tote (Toute est 𝔗𝔄) de blanc yvoire (-che soie 𝔗𝔄) d'uevre
subtile (d'u. souf ℜ) et chiere; —
8. Delez lui se seoit dus Naymes de Baviere.

In 𝔄 sind 5 und 7 verstellt.

474] 122,12—123,3. 𝔏𝔗𝔄ℜ (fehlen 𝔗 123,1—4): 122,12. Et va ferir .I.
Saisne qi s'estoit mis avant . . .,
123,2. Mort le trebuche a terre do destrier remuant (Par mi
outre la crope dou destrier le respant ℜ, sic fere 𝔄);

8. Puis a traite (P. recuevre 𝔄) l'espée, va ferir .I. Soutant
(sodant 𝔄ℜ).

475] 145,4—12. 𝔏𝔗𝔄ℜ: Saisne partent dou champ (traient arriere 𝔗),
n'i sont (ont 𝔗𝔄) plus aresté (demoré 𝔗𝔄ℜ);
Guiteclins de Sessoigne (Saissoingne 𝔗) descendi anz ou pré (a
son tré 𝔗𝔄ℜ).
Pur esgarder la (reg- sa 𝔄) plaie l'ont (s'ont 𝔗) tantoet desarmé
Que Karles li ot fait dou roit (de son 𝔗) espié qarré (fehlt 𝔄ℜ).
Si mire le confortent et prometent santé;
Et François s'an departent arrangié (repairent et rangié 𝔗𝔄ℜ)
et sarré,
(Et Tierriz voit sa [Tierri bendent (li ont) la 𝔄ℜ] plaie q'il avoit
(que il ot ℜ) ou costé,
Et sont venu a Rune ou il n'a point de [pont ne 𝔄ℜ] gué [tré 𝔄].
A l'aide de Deu s'an [en 𝔄, se ℜ] sont outre passé 𝔏𝔄ℜ).

476] 164,11—165,5. 𝔏𝔗𝔄ℜ: Or vienent (venront 𝔄) Herupois (Hurepois
𝔗) de lor païs lointain,
Bien les cuidons avoir ou enuit ou demain.
Cil ne vuelent (ruevent 𝔗𝔄ℜ) gesir fors an (au 𝔄) bois ou an
(au 𝔄, g. ou a b. ou a 𝔗) plain,
(A lor chief .I. pierre en .I. (ou un 𝔄) trossel d'estrain [de fain 𝔄ℜ],
Et tenir lor chevax a [au 𝔄] chevestre ou a [et au 𝔄] frain;
Toz jorz vivent de proie comme louf ou [beste et 𝔄] farain.
Tot [Et tot ℜ] est pris et mal mis [p. haape ℜ] qant que [Ne
lor puet eschaper ce qu'il 𝔄] tienent a main;
Mes bien sont au ferir prevost et chastelain.
Cil trespasseront [C. passeront (-rent) a 𝔄ℜ] Rune a termine
prochain 𝔏𝔄ℜ);
Quel ore que il viegnent (Q. chose q'en avaingne 𝔗) de ce (qu'il
venront bien en 𝔄, qu'il avienet tot an ℜ) soiez certain,
Trestuit avez vëu vostre (Que tuit estes venu a vo 𝔗ℜ, sic fere
𝔄) jor derrean (derrain 𝔗).

477] 174,11—175,5. 𝔏𝔗𝔄ℜ: Après (Anprès ℜ) le jal chantant (A. la
m̈enuit 𝔗𝔄), qant (com ℜ) la nuiz (l'eure 𝔄) fu serie,
Passa Guiteclins Rune sanz nef et sanz galie (navïe 𝔄).

As guez (Au gué R) de Moritier (Morestier A) firent lor (une
                          LAR) anvaïe (assaillïe R);
Mais a l'issir (au passer LA) lor fu (fust R) la rive chalongïe,
(De lor Saisne lor fu (i ot AR) mainte sele voidïe LAR).
Molt i ot de lor gent confondüe (afondée A) et noïe (malmise R),
N'i [Ne A] pot Guiteclins faire a sa gent garantïe [a ses homes
                          äye A] LAR).

478] 194,1—4. LLAR: Li rois Daires d'Orcane (d'Orquane L) et li rois
                          Escorfauz,
Corsubles de Nubïe et .L autre amirauz (Bruncostez et Rigauz LAR),
(Vont veoir Herupois par de delez .I. vaus L);
Et li autre s'armerent, monterent as (Isnelement s'adoubent et
                          montent es LR, sic fere A) chevaus.

Vgl. 193,7—9.

479] 202,7—10. LLAR: As (A A) Herupois (Hurepois L), s'acointe, non
                          (nient A) por ce q'il les aiut;
Chier (Ainz L) lor vandra ses homes (v. Saissoingne LAR), ainz
                          que qite lor claint.
Bien demoinent (De maintenir LAR) l'estor, n'afabloie, n'estaint
                          (n'ataint L, ne fraint A, ne faint R);
(Chier lor vandra l'estor, sachiez pas ne s'an faint L).

480] 206,8 vgl. 420].

481] 208,2—4 vgl. 461].

482] 245,5—13. LLA fehlt R, von 10 auch A): 5. A tant ez le barnage
       qi apoignoit iriez (de triés A; apoingnent d'arriers L)!
   5a. (L'empereres devant qui s'estoit avanciés A)
   6. Qant voient Baudoïn, chascuns s'est (est L) mervoilliez;
   7. Meïsme Karlemaïnes [l'empereres A] s'en est .III. foiz seigniez),
   8. (Ses braz li giete au col par molt granz amistiez;
   9. La fu molt Baudoïns acolez et baisiez.
   10. La joie est commencïe, et li duels est (si e. L d. A) lais-
                          siez LA)*.

Sor toz an (en) fu li rois et joianz et haitiez;

Nequedaut samblant fist que il fust molt (q. m. en f.) iriez.
A lui s'an va tot (s'en vint tout) droit, ja sera araisniez.

* **Michel bemerkt hierzu:** A ce vers se termine le couplet dans le ms 𝔄 ... et le texte cesse de s'accorder avec celui du ms. Lacabane.

483] Die Tirade LXIX fehlt 𝔗 und die Tirade LXXV 𝔗𝔏𝔑. Beide dürfen dem Original abgesprochen werden, da sie ohne den Zusammenhang zu stören, weggelassen werden können. Tir. LXIX greift überdies ebenso wie LXX auf LXVIII zurück. Ein solches zweimaliges Zurückgreifen auf den Schluss einer voraufgehenden Tirade lässt sich sonst nirgends beobachten. Der Interpolator scheint durch die nähere Schilderung Sebiles, welche er giebt, ein Gegenstück zu der Schilderung Baudoïns in Tir. LXVII haben liefern wollen.

484] Ob Tirade LXXV, die in 𝔗 und 𝔑 fehlt, auch ursprünglich in 𝔏 gefehlt hat, lässt sich nicht sagen, da die Hs. eine Lücke, von 127,3—137,5 reichend, zeigt. Jedenfalls scheint sie ein späterer Zusatz zu sein, denn in der Tirade LXXVI erteilt der Kaiser seinem Neffen Berarz, der zu den Sachsen hinübergeritten und nur mit Gefahr seines Lebens zu den Seinigen entkommen ist, dasselbe Verbot, wie LXXVII Baudoïns. Dieser Tadel des Kaisers wäre wohl überdies gleich hinter den an seinen Neffen gerichteten Worten (127,9—10) zu erwarten gewesen. Man beachte ferner die Wiederkehr des Hemistichs: *S'une fois en chiet bien* (128,10) und *S'il en chiet bien a un* (128,13).

Nachtrag.

77] gehört besser vor 97], da eher L statt T einen Lese-fehler bietet.

111] steht besser nach 93], da auch hier eher die Lesart in L durch einen Hörfehler entstanden ist.

In 211 ist statt *poiez: poiez* zu lesen. Der Vers in LR enthält also keine falsche Silbenzahl.

Index.

Vor dem Kolon steht die Zahl der Seiten und Zeilen, nach demselben die Nummer des betr. Paragraphen.

5,8 : 18	22,2 : 65	34,5 : 91
5,10-6,1 : 468	22,3 : 70, 199, 326	34,8-11 : 400
6,1 : 117, 468	22,3-4 : 199	34,11 : 92, 213, 400
6,3-4 : 90	22,6-7 : 369	34,12 : 214
6,5 : 36	22,14-23,3 : 428	35,5 : 258
7,1 : 26	23,9 : 334	38,3 : 359
7,4 : 57	23,10 : 71	38,5-6 : 434
7,10 : 19	23,11-24,1 : 370	40,1-2 : 371
8,3 : 321	23,11-24,4 : 370, 470	40,16-17 : 197
8,9-12 : 426		41,6 : 313
9,1 : 118	24,1 : 24, 370, 470	41,15-18 : 414
9,2 : 119	24,7-10 : 471	42,1-2 : 435
9,10 : 120	24,13-25,1 : 345	42,9-43,4 : 191
9,12 : 64	25,2-3 : 429	43,2 : 93, 191
10,3 : 171	25,3 : 34, 429	43,8-12 : 192
11,1-3 : 469	26,8 : 430	43,10 : 54, 192
11,13 : 121	26,9 : 292	44,3-5 : 372
12,10 : 248	27,4 : 45	44,8 : 275
13,2-6 : 330	27,6-7 : 200	46,6-7 : 436
13,13 : 211	27,10 : 353	46,7 : 74, 436
14,7 : 58	28,6 : 431	47,2 : 31
15,1 : 122	28,16 : 37	47,7 : 111
16,3-4 : 427	29,6 : 72	47,11 : 246
16,4 : 110, 212, 427	29,8 : 124	48,2-4 : 373
17,4-5 : 339	29,9 : 257	48,9 : 75
19,2 : 331	29,12 : 172	48,12 : 306
19,7-20,13 : 387	30,6 : 46	49,11 : 282
20,5-6 : 195	31,9 : 358	49,15-16 : 437
20,7-10 : 196	31,10 : 73	50,10-13 : 438
20,13 : 123, 387	32,5 : 338	50,12 : 76, 438
21,1 : 357	32,7-9 : 399	52,11 : 94
21,2 : 332	32,7-10 : 399, 413	52,13-16 : 182
21,8 : 59	33,3-5 : 432	53,7 : 323
21,12 : 161	33,5 : 27, 432	53,11 : 95
21,13 : 60	34,3-4 : 433	54,4 : 96

55,4 : 32	77,2 : 125	98,4 : 130
55,14 : 77	77,11-78,1 : 333	98,7 : 100
55,14-16 : 77, 401	78,10-13 : 206	98,8 : 131
57,6 : 112	79,1-80,5 : 415	99,1-2 : 449
57,12 : 215	79,3 : 309, 415	99,2 : 132, 449
57,13-14 : 207	79,4 : 35, 415	100,8 : 342
57,14 : 207, 277	81,1 : 174	101,2-3 : 179
58,1 : 33	81,5 : 28	101,8-9 : 337
58,1-2 : 33, 374	81,8 : 259	102,2 : 39
58,6-7 : 360	81,10-13 : 472	102,10-103,2 : 450
58,9 : 216	82,1 : 219	103,12 : 261
58,13 : 78	83,1 : 126	104,2-3 : 201
59,17-60,2 : 439	83,2 : 3, 220	104,11 : 287
59,18 : 97, 439	83,3-8 : 473	105,3-4 : 376
60,12-61,4 : 190	83,7 : 127, 473	105,8 : 276
61,1 : 79, 190	83,6,7,10,11 : 403, 473	106,5 : 101
61,10-13 : 394		106,7-8 : 354
62,3 : 217	84,6 : 260	107,2 : 133
62,3-4 : 25, 217	84,13 : 293	107,8 : 134
62,8-10 : 395	85,7 : 247	110,2 : 47, 272
63,14 : 255	85,10 : 346	110,4 : 135
64,6 : 98	85,12 : 363	110,6-7 : 202
64,7 : 278	86,15 : 221	111,12-13 : 203
64,8 : 238	87,4-6 : 444	112,2-4 : 411
64,12 : 440	88,9-89,1 : 404	112,10 : 136
65,11-12 : 361	89,5 : 23	113,3-4 : 181
66,1 : 218	89,9 : 99	114,1 : 289
66,1-2 : 218, 441	89,12-90,1 : 445	114,7 : 290
66,4-5 : 187	90,1 : 128, 445	116,5 : 265
66,9 : 274, 327	91,11 : 222	118,3 : 173
66,15-16 : 180	92,1-2 : 340	118,14 : 137
68,9 : 80	92,2 : 81, 340	120,1 : 223
69,1 : 362	92,7-8 : 341	121,14 : 138
69,3-6 : 402	92,11 : 269	122,6-11 : 405
69,8 : 38	92,13 : 249	122,10 : 224
70,5-7 : 186	93,1 : 163	122,10-11 : 224, 377
71,7-8 : 351	93,5 : 129	122,12-123,3 : 474
71,14 : 253, 352	94,5 : 410	123,11 : 343
71,15 : 320	95,7-8 : 446	124,1-7 : 388
72,6 : 443	95,9-96,1 : 396	124,3-4 : 378, 388
72,10-11 : 375	96,2-4 : 447	124,4 : 225
73,1-4 : 442	96,6 : 335	124,9 : 324
75,5 : 240	97,6-98,1 : 448	125,3 : 55

125,6 : 139	153,12-154,3 : 406	182,8 : 4
125,6-8 : 139, 467	154,10 : 56	183,6 : 250
125,9 : 140	155,1 : 227	184,2 : 151
125,6-9 : 139, 140, 194, 467	155,3 : 17	185,4 : 167
	156,7 : 241	185,6 : 152
126,3 : 141	156,12 : 142	186,1 : 29
126,8 : 355	157,7-8 : 382	186,6 : 153
126,13,14-127,1 : 421	157,9 : 263	186,7 : 108
	158,4 : 143	186,7-8 : 108, 204
127,6 : 49	158,14-159,1 : 348	186,11 : 154
131,8-9 : 185	159,1 : 344	187,6 : 109
132,1 : 262	160,1 : 105	187,12 : 85
132,15 : 50	160,12 : 144	188,3 : 115
135,1 : 10, 226	161,5 : 82	189,1-2 : 458
135,13 : 291	161,6 : 145	189,6-7 : 365
135,14 : 51	161,12 : 242	190,1 : 243
136,15 : 52	162,6 : 146	190,1-3 : 243, 408
137,14-138,2 : 379	162,11 : 6	191,5 : 155
138,2 : 48	163,1 : 147	191,6 : 162
138,12-13 : 209	163,6 : 264	191,7 : 239
139,1-3 : 451	164,3 : 83	191,13-15 : 419
139,9-11 : 452	164,11-165,5 : 476	192,3-4 : 398
139,12-140,3 : 389	166,7 : 106, 228	192,6 : 7, 229
140,11 : 16	166,10 : 114	193,1 : 239
141,12 : 102	167,3-5 : 336	194,1-4 : 478
141,13 : 103	167,11-13 : 383	194,4 : 30, 478
141,16-142,3 : 416	168,13 : 107	194,6-7 : 385
142,14 : 104	170,8-10 : 407	196,4 : 86
144,6 : 364	171,13-172,1 : 391	196,6 : 8
144,8 : 66	172,7 : 175	196,9-11 : 459
145,4-12 : 475	173,2 : 455	197,3 : 61
146,1-2 : 453	173,3-7a : 454	199,11 : 156
146,5-8 : 417	174,11-175,5 : 477	201,1 : 288
147,2 : 284	175,9-10 : 384	201,7 : 67
147,4-5 : 184	175,10-11 : 384, 397	202,7-10 : 479
148,2 : 113		202,8-10 : 392
149,5 : 350	177,6 : 176	203,4-7 : 393
149,7-9 : 380	177,13 : 148	203,6 : 87
150,6 : 5	178,5 : 84	204,5 : 266
150,8-10 : 381	180,4-5 : 456	204,7 : 230
151,6-9 : 390	181,1-2 : 457	205,4-6 : 460
153,1-3 : 418	181,8 : 149	206,1-8 : 420
153,8-9 : 356	181,12 : 150	206,7 : 366, 420

207,13-208,2 : 461	223,8 : 41	238,1 : 9, 236
208,7 : 462	225,10 : 42	238,10 : 116
210,7 : 231	225,12-14 : 386	239,1 : 237
211,12 : 157	226,2-3 : 368	240,3 : 63
212,9 : 164	226,4 : 233	240,7 : 20, 188
213,4 : 62	226,7 : 159	240,7-8 : 188
214,3-4 : 208	226,7-9 : 159, 412	240,8 : 22
214,7 : 88	227,10 : 463	242,8 : 21
216,5 : 158	229,5 : 89	243,3-5 : 205
216,11 : 244	229,12-230,4 : 464	243,5 : 43, 205
217,1 : 367	230,2 : 160	243,7-9 : 466
217,4 : 232	232,2 : 329	244,6 : 318
221,2 : 40	232,8 : 234	245,4 : 44
222,11-13 : 409	232,9 : 168	245,5-13 : 482
222,13 : 328, 409	233,6 : 68	
223,7 : 245	233,6-8 : 68, 465	

Lebenslauf.

Am 18. Januar 1875 wurde ich, Otto Ludwig Seippel, als ältester Sohn des Pastors Ludwig Seippel zu Hörsingen (Rbz. Magdeburg) geboren. Ich besuchte das Gymnasium zu Helmstedt, welches ich Michaelis 1895 mit dem Zeugnis der Reife verliess. Um mich dem juristischen Studium zu widmen, bezog ich die Universität Leipzig. Von Ostern 1896 ab habe ich in Berlin, Kiel, Halle und von Ostern 1898 ab in Greifswald die neueren Sprachen studiert.

Meine akademischen Lehrer waren die Herren Professoren und Dozenten:

Ashby, Brandl, Brandin, Bücher, Coulet, Credner, Degenkolb, Dilthey, Geiger, Hölder, Herrmann, Konrath, Matthaei, Norden, Quiggin, Rachfahl, Rehmke, E. Schmidt, Schuppe, Schumann, Simon, Stengel, Suchier, Tobler, Wagner, Wechssler, Wolff.

Ihnen allen, besonders aber Herrn Prof. Stengel, der mich bei vorliegender Arbeit stets in wohlwollender Weise unterstützt hat, sei mein aufrichtigster Dank ausgesprochen.